Seba・蝴蝶

Seba・蝴蝶

Seba・蝴蝶

Seba・蝴蝶

蝴蝶館 29

荒厄

〈卷三〉

Seba 蝴蝶 ◎ 著

elegantbooks

之一 辭母

世伯是個偉男子。

這是朔的評語，但我還真找不出其他辭彙形容世伯。他光明磊落、器宇軒昂。有著出家人的瀟灑和烈士的胸懷。雖然不是怎麼俊美，但要我說他很帥……「帥」對他而言又嫌過度輕佻了。

所以我不得不承認朔的評語這樣中肯，的確，偉男子。

跟世伯一起出門的時候，被他吸引的女人可是很多的。我想英俊有時候不只是指皮相，氣質也要包含在內才對。

但我真的沒想到，他的至交，居然通通都是俊男美女之屬。不管是唐晨的爸媽還是玉錚的爸媽，都讓人移不開目光。

我還不知道容貌這件事情也會物以類聚的。結果我身在其中，顯得分外枯黃黯淡，像是走錯棚似的。

但我不知道世伯和玉錚跟兩家的爸媽說些什麼，真的奉我為上賓。讓我非常非常不自在。

「……等妳出門的時候再叫我。」荒厄立刻落荒而逃，一點義氣都沒有。我知道是良善門第，但良善到連我都不舒服，也很不簡單……何況荒厄。

他們都對我抱持著很深的善意和憐憫，這我是知道的。但他們應該很少看到這樣集不幸、陰暗、醜陋於一身的孤女。荒厄偶爾飛回來跟我說，這兩家父母都納悶，為什麼兩小無猜的唐晨和玉錚會分手，痛苦莫名的唐晨經過一個學期，帶了一個這麼陰沉的「道姑」回來。

「……道姑？」我無力了。

「牛鼻子說妳是他的徒兒呀！」荒厄很認真的回答，然後抱怨，「我以為妳的同學就夠噁心了，沒想到我見識太淺……這裡噁到讓人無法呼吸……」

聽到唐媽媽喊蘅芷，她慌得往外一逃，還撞到窗框才飛遠。

我的手伸在半空中……荒厄，妳怎麼就丟下我！

＊　＊　＊

唐家的爸爸媽媽白天都有工作。唐爸爸在某家大企業當高階主管，唐媽媽在某所大學教音樂。

幸好不用成天相處，不然哪裡受得了。

但夏家的媽媽是全職主婦。我和唐晨進出常常遇到她。她待我真的很好，但唐晨有點不自在。他的尷尬也染及我，害我都不知道怎麼辦才好。

以前兩家交好，煮了什麼好東西，都會讓孩子送過來。唐晨和玉錚這麼一分手，兩家父母都為難。結果我來了，跟唐晨有交情，又救過玉錚（……），他們齊齊鬆了口氣，都誠懇的麻煩我跑腿。

是說就在對門，也沒什麼麻煩的。但對人際關係非常生疏而悽慘的我，真的還滿苦的。

我很不會應付人類，尤其是心腸慈善的人類。他們若是死人，我就自在了。

但不知道為什麼，我很投夏媽媽的緣（？），常常留我下來吃飯，或者幫玉錚買衣服的時候，順便幫我買一套，無功不受祿，我真是尷尬透頂。

「什麼話呢？」夏媽媽熱淚盈眶，「不是妳頂著，我這女兒也沒了。這個傻大膽……這些叔叔伯伯怎麼說都裝不懂，就愛往危險奔。」她狠狠地瞪玉錚，「妳怎麼不學學人家蘅芷這麼安靜沉著？蹦蹦跳跳的，哪有女孩子模樣？」

玉錚翻了翻白眼，粗聲跟我說，「我媽愛吱吱喳喳，妳裝沒聽見就過去了。不然耳朵長繭呢。」

「妳這孩子是怎麼了？父母說都不聽的……」

我苦笑。

現在我最想要的，是趕緊奔回朔的咖啡廳。人際關係錯綜複雜，我真搞不來這一套。

住了半個月，我才稍微自在一點。

唐晨陪著我到處跑，鄰居的眼光讓我如芒在背，但久了也習慣了。唐家爸媽都愛朋友，常常有人拜訪。我只要出來打聲招呼，吃個飯就可以走了，唐晨可要留下陪客。

我說我要「養靜」，居然這鳥理由被接受了。

「小小年紀，養什麼靜？」有的客人會問。

「你不知道呢，她是虛柏的關門弟子。年紀雖小，已經很有本事了。」唐媽媽會帶種與有榮焉的煥然說。

「虛柏居士收徒了？這還真是沒有的事情呢！」大半的客人會驚呼。

我乾笑兩聲，趕緊退回客房。按著心臟，大大的喘口氣。我寧可再去滿山打妖怪，也好過這種社交生活。

……我是不是已經回不到正常人的常軌了？

正在暗自悲傷的時候，玻璃窗傳來刮搔的聲音，「……」一根指頭，或幾滴血。」濃重的黑影帶著血腥味，屈在窗台外。

「你沒瞧見我心情很壞？」我用鼻孔看那隻不識時務的小妖怪，「趕著投胎？」

我不過是心情不好，哪知道那個妖怪嚇得頻頻磕頭，慌得從十四樓跌到樓下，發出好大的聲音。

雖然是隻很小的精魅……但我用眼光就可以嚇跑妖怪的這件事，還是讓我悲傷得無法壓抑。

門一響，唐晨走了進來，遞了兩個菜包給我。「不喜歡熱鬧，嗯？晚餐也沒見妳吃什麼。」

我咬了一口，輕輕嘆了口氣。「我乾脆去跟伯伯學辟穀好了。」

他挨著我一起坐在床緣，摸了摸鼻子，「我爸媽都是好人。」

「嗯。」我應了一聲，「是我……我不習慣與人相處。」

「……我知道很委屈妳。」他低聲說，「但妳沒陪我回來，我不知道……不知道怎麼面對。」

愛情真是一種具有破壞力的東西。摧毀的不是雙方而已，有些時候還會摧毀到雙方的家庭。

「我還得謝謝你邀我來度暑假呢。」我吃掉一個菜包，唐媽媽的手藝真是好得不得了，「不然我得流落街頭了。」

他好一會兒不說話，「蘅芷，妳真的體貼又善良。」

「神經喔！」我用手肘頂了頂他，「是不是兄弟呀？說什麼話來。」

他低頭，露出非常難過的神情。我知道他盡量壓抑著，好似一切都完好如初。他甚至可以跟偶遇的玉錚打招呼，在兩家父母之前神情平靜。

他這樣的人，不懂得呼天搶地，怨天尤人。但悲傷找不到出口，就會找健康的麻煩。

硬著頭皮，我握了握他的手。

這卻讓他笑出來。「蘅芷，妳冒蕁麻疹了。」

……我對這種體質，還真是一點辦法也沒有。

住上一個月，我稍微習慣了一點。世伯給我的身分真是個上好的擋箭牌，我不管多怪，唐家爸媽都可以接受。

只有回我在廚房喝水，聽到唐家爸爸憂慮的問，「小晨，你若喜歡蘅芷也沒什麼關係……但道姑可以結婚嗎？」

「爸！」唐晨叫了起來，「別胡說了，讓蘅芷聽到可怎麼辦？沒那種事情！」

「你這孩子心實，和玉錚剛分的時候……唉。天涯何處無芳草呢？我瞧蘅芷也是安安分分的……女孩子本來就不是只看長相。但她到底出家沒有？還是我找虛柏問問……」

「爸，別亂了，」唐晨更尷尬，「別這樣。把蘅芷嚇跑了……」他頓了頓，「除了爸媽，她是我最重要的人。就只是這樣而已，沒什麼愛不愛啦！」

抱著水瓶，我坐在沒開燈的廚房，動都不敢動，等他們聊夠了回房，我才匆匆逃回去。

臉孔的紅辣怎麼都退不掉，等我驚覺的時候，我還抱著那個冷水瓶。

問我感想？我唯一的感想就是……我想回朔的家。

我終於知道為什麼我會這麼不自在了……原來唐家爸媽用對待未來兒媳婦的態度對待我。

不得不說，將來嫁給唐晨的女孩兒真是有福氣。這麼溫柔善良的公婆，知情識趣的。他們有家底，但過得殷實，卻不是那種苦窮的吝嗇人家。

唐媽媽在教書，唐爸爸心疼她，家裡吃的穿的都樸實，卻請了個管家來幫忙打理。唐媽媽下廚是為了興趣，而不是家務操勞。夫妻感情又好，你敬我愛的，卻不干涉對方的社交和信仰，也用這種態度對待唐晨。

我猜唐晨前輩子大約燒了幾百噸的好香，才有福託生到這樣的家庭。

他的爺爺奶奶親戚好友也幾乎都是那一流的風雅人物，還興致勃勃的弄了個樂團。都住在這個都市，捷運又方便。唐晨帶我去過一次，讓我著實又好笑又羨慕。

我真不知道這是什麼樂團，不中不西的。看到二胡琵琶蝴蝶琴就夠了，居然有人拿法國號和黑管，更好笑的是，唐晨抱著大提琴。

但夏家爸爸實在厲害，這個不中不西的樂團，居然還指揮得起來，在小公園有模有樣的「共奏」。

（這實在很難說是交響樂……）

最後唐晨還用大提琴悠揚的獨奏了一曲「望春風」，我居然有心魂欲醉的陶然。

「聞弦歌而知雅意。」荒厄不知幾時跑來湊熱鬧，搖頭晃腦的，「唐晨這小子越來越會調情了。」

……孰可忍，孰不可忍？

惡狠狠的，我抓起唐晨託給我的包包砸在她臉上。她也火了，搧得我滿頭頭髮亂飛。正想還手，發現旁邊的聽眾都瞠目看著我，互相低問，「……起風了嗎？」

乾笑著，我藉口要去上廁所，側著身到公廁，關上門……和荒厄展開一場大戰。我滿臉都是細細的抓痕，她被我拔了不少羽毛。

打到兩個都累了，這才住手。

「拔了我好些羽毛！」荒厄嚷，「觀音山老奎還要請我吃飯呢！這麼衣衫不整的，有損我『金翅鵬王齊天娘娘』的威風！」

……取這麼威風的名字有什麼用？鳥王又怎麼樣？還不是一隻鳥？

「妳懂什麼？」荒厄瞪了我一眼，「也對啦，懂這個做什麼呢？妳不如多懂一些唐晨的心思，望個春風去！」

我發怒要打，她咯咯嬌笑的鑽出氣窗，飛得不見蹤影。

撫了撫發疼的臉頰，這老妖怪，出手不知輕重的，打得我臉生疼。

走出公廁，我和滿臉驚嚇的堂姑（還是表嫂？阿姨？嬸嬸？唐晨家親戚一大堆，我哪搞得清楚）面面相覷。

「剛、剛剛……」她結結巴巴，「妳、裡面……是不是……是不是……」

糟糕。我心底暗暗叫苦。我和荒厄打得忘形，完全忘記要收斂聲氣。但我誰？倒楣了一二十年，我早就把裝傻學得爐火純青了。

「裡面？」我裝得一臉困惑，打開廁所的門，「裡面剛剛只有我呀。」

她看了看洗手間，又抬頭看看只有一條小縫的氣窗。驚魂甫定，轉過來看到我的臉，又復惶恐。

「妳、妳的臉！」

慘了，忘了掩飾。荒厄那傢伙指爪長，就算打鬧也留痕了。我趕緊抹了抹臉。若說荒厄把生氣反灌給我有任何後遺症……全身皮膚轉成細鱗說不定是最好的一樁。跟記憶金屬一樣，好用的很。

我將臉一抹，「我的臉怎麼了？」

她的眼睛幾乎突出來，「剛剛妳明明滿臉傷痕。」

我攬鏡自照，「有嗎？大概是光影造成的錯覺吧。」

他們的音樂會是很有趣，但後來我都用「不諳樂理」這個理由推辭過去了。一次我可以遮掩過去，兩次三次……我沒把握。

這城市的怪談不需要我大力添補了。

＊　＊　＊

就在某個熱得發昏的夏日午後，唐媽媽卻提早下班了。笑嘻嘻的，在廚房忙個不停。

住久了，就知道意味著什麼。我望著廚房，小小聲的哀叫，「……又有客來？」

唐晨噗嗤一聲，「妳怎麼這麼不愛與人交際？我真怕有一天妳跟著伯伯出家去。」

「不錯的提議。」呻吟一聲，我趴在沙發靠手。

但好一會兒，唐晨卻不說話。我抬頭看他，他拈著白子發愣。我仔細研究了一下棋盤。我的圍棋還是來唐晨家，唐爸爸教我的。他常說我雖然處決明快，但過度心慈意軟，不忍棄子，往往因此全盤皆沒。

我想唐爸爸說話含蓄，事實上就是我棋力低微，唐晨要讓我十五子才能勉強消遣消遣。

看起來我快輸了，他隨便丟也贏，有什麼好發愣的？

「……妳出家去，我也只好去做和尚了。」他咕噥著，興味索然的將棋子打亂。

「你這個……」我發起怒來，掛圖對景，我不怒反笑。我想到《紅樓夢》裡賈寶玉跟林黛玉說，黛玉死了，他就要去做和尚那段。

「家裡幾個姊妹，趕明兒都出家，你有幾個身子做和尚？」我依著紅樓搶白他。

他卻不回嘴，反而有點生氣的別開頭。

哎唷，這個人，越大越成了個孩子。我倒有點不安，「做什麼啦，真是……我帶著荒厄，能哪裡出家？幾時有帶著妖怪修行的出家人呢，笨喔……」

他這才臉色稍霽，慢慢的收圍棋子兒。

「就算是出家，我們……是知己。」我暗罵自己臉紅個屁，「哪會有什麼不同？」

「妳出家我還在紅塵……這一層，可隔得遠了。」他低頭收棋盤，「妳又不是真心出家的，只是不慣與人交際。不慣就不慣，別因此入什麼空門……入了空門，規矩又大……」

我不知道該哭還是該笑，這呆子想得那般的遠。但想想，他和青梅竹馬，原本以為鐵打不動的女朋友分手了，難免覺得世事無常。會想抓個不變的關係也無可厚非。

別看他人緣好，他自認「寡人有疾」，又身耽九災八難，真心來往的至交沒幾個。真稱得上「知己」二字的……也不過一個陰陽怪氣的我而已。

「你別累慌了出家，我就不入空門。」我幫著收拾棋盤。

向來溫和隨緣的他卻認真的說，「君子一言。」

「快馬一鞭。」我隨口應了。

這傢伙還硬要跟我三擊掌，我被他鬧得哭笑不得。「好了，掌也擊了，我去幫幫伯母。」

「她哪要妳幫忙，等等也是趕出來。」唐晨笑。

果然唐媽媽死都不要我幫忙，要我別破壞她的樂趣。我摸摸鼻子走了出來，唐晨挑挑眉，一副「如何？」的樣子。

我笑罵著打了他兩下，去他房裡做香水蠟燭。

這是朔教我和唐晨的，意外的在唐家親朋好友中廣受好評。我們帶來當小禮物的發個精光，還有人訂貨。我做的香水蠟燭恐怕給人招厄運，所以只是幫著唐晨而已。

做這種小手工真是很有趣的，比人家打啥電動好玩。唐晨教過我幾次，就放棄了。但做這種小東西，我向來興致勃勃，他呢……

「跟妳一起就好啦，幹嘛都很有趣。」他很口無遮攔的說。

「你以後交女朋友還這麼著，女朋友早晚會甩了你。」我罵。

「交女朋友就得離了妳，那不如別交好。」這白痴教也教不會。

一面切著蠟塊，唐晨說，今天要來的客人，是唐媽媽高中時代的好友，先是去美國念書，後來就乾脆落地生根，住在加州。他國中的時候還跟媽媽去那邊玩過一個暑假，兩家是很親密的。

「吳阿姨和她的妹妹一起回來探望父母。」唐晨挺開心的，「好久不見了呢，我去的那個暑假，小阿姨也住在那邊。她好漂亮……我跟玉錚說的時候，她還發過好一頓的脾氣。我就出過那一次國，起降都差點發生空難……」

這麼愛旅行的他，一定對絕無僅有的出國旅遊印象很深刻吧？他形容得栩栩如生，我好像也跟著他去到加州那個長滿蘋果樹的美麗莊園。

他做了兩個香水蠟燭，風格卻差很多。一個像是蕩漾著海水豪放，另一個卻馥郁濃香，完全是富貴場中人該有的味道。

「這是吳阿姨的，」他指著海水樣的香水蠟燭，「另一個是小阿姨的」。

那天傍晚，我看到了唐晨的這兩個阿姨。

大阿姨果然是個女中豪傑，濃眉大眼。和她細緻嬌柔的妹妹完全不同。

但那個精緻文雅的「小阿姨」，卻讓我陷入極度的恐慌和饑渴。整個心滿得幾乎要爆炸，但也空虛得非常胃痛。

最初的驚愕過去，一股深沉的忿恨慢慢升上來，比荒厄的火烈還可怕很多很多。討厭這積善之家的荒厄不知道怎麼突然出現在我的肩膀上，目光灼灼。「等她走出這個大門，咱就殺了她。」

「蘅芷不要！」我在心底大叫。

叫完才啼笑皆非。是「荒厄不要」，不是「蘅芷不要」吧？但思前想後，猛然的悲傷襲來……我苦笑。

現在我不知道，這句脫口而出，算正確還不正確。

荒厄像是要在「小阿姨」身上盯出幾個大洞，「妳隨時可以改變心意。」但這麼厭惡積善之氣的荒厄，卻整晚都忍耐的待在我身邊。

一、二十年的「謊精」不是當假的，我表面上若無其事的打招呼，聽著唐媽媽介紹我，「這是我們小晨的好同學，虛柏還收她為徒呢！蘅芷，這兩個都是吳阿姨，這是大阿姨，那位是小阿姨。」

「……我姓林，林蘅芷。」我小心翼翼的說，偷偷觀察小阿姨的神情。「阿姨好。」

「虛柏那傢伙不還俗還收什麼徒兒？白耽誤人家小姑娘，跟他裝神弄鬼。」大阿姨大笑，「依我看，他還是認真去當他的萬人迷比較實在，當什麼道士？」

小阿姨但笑不語，對我點了點頭。

本來漲得疼痛的心，一點一滴的在淌血。

「她不是裝的。」荒厄冷冰冰的說，當然我知道，她的冰冷和厭惡不是針對我。「她一點點都不記得，完完全全不記得！」她的指爪大約讓我肩膀瘀血了。

但我一點都感覺不到痛。更痛的感覺已經覆蓋過去了。

我知道「小阿姨」。我知道她今年三十六歲，叫做吳鳳晴。不管我要不要，想不想，我的身分證上，她占著母親的那一欄。

我的生命和名字就是她給予的一切，但她完全不記得了。

痛得汗出如漿，彎下腰來。

「蘅芷！」唐媽媽過來扶我，「怎麼了？」

我含糊的塘塞過去，「……對不起喔，伯母……我好像大姨媽要來了……」

「哎呀，很痛很難受吧？」她扶我，「唐媽媽帶妳去看醫生。」

我趕緊擺手，「沒事沒事。老毛病了，醫生也說過不要緊。」勉強彎了彎嘴角，「睡一下就好了……對不起喔。」破席而去。

「什麼話呢？不舒服怎麼撐得住？」她轉頭吩咐唐晨扶我進房，但他想留下看護，被我趕了出去。

我需要一個人靜一靜。

「殺了她妳才有真正的平靜。」荒厄蹲在床頭，陰鬱的說。

「殺人不能解決什麼問題。」我心煩的很。

「但妳起殺意了。」

對著荒厄，我眼淚一滴滴的掉下來。荒厄說得對。如果她驚慌失措，強加掩護，說不定我就算了。

但她完全忘記我。我像是她丟棄的一塊死肉，一點記憶也沒有。

我知道不該恨，不該怨。但我不是聖人。我只是個……非常普通的女孩子，我才剛滿二十。我沒有童年沒有青春，我什麼都沒有。追根溯源，她難道可以說，「跟我一點關係都沒有」？

她卻用「遺忘」回報我所有的不幸。

「讓咱去殺了她。我不管是不是在積善之家了。」荒厄低聲說。

「荒厄妳應該很高興才對，我現在難過得幾乎要入魔道了。」我怎麼也止不住腮上淚墜。

「以前妳不是我，我不是妳。」她的聲音更低了，「現在妳就是我，我就是妳。妳這麼難過，像是割了我的心肝……」她哭了。

我勉強把淚嚥入肚子裡。可不是呢？我就是荒厄，荒厄就是我。雖說不能生下她，現在她也不怎麼需要我生了……但我們的命運還是絞纏在一起。我仔細想過了，她眼前算是往更好更高的境界去了，我沒得幫什麼，積點福報難道沒有？福報夠了，我撒手人寰，她還能憑這點福報修下去，說不定還有得正果的機會呢。

我若真入了心魔的手，你讓她有什麼機會？緣起緣滅，我不過就有個荒厄。

「要妳替我想這些來!?」她一面打嗝一面哭，「咱們一起當妖怪去吧，當人七情六欲，到頭只有無常等著，有什麼趣味？不如我們戾鳥無父母親族，還乾淨自在呢……」

不知道是要轉移我的注意力，還是力陳當妖怪比較好，她破例跟我說了戾鳥的來歷。

原來戾鳥乃是鍾天地間血腥戾氣而生的一種妖怪，後來自成一族。雌雄相遇，往往要廝殺一番，等到雙方都失了力氣又未死才得以交尾，交尾之後，雌戾鳥隔天就產下一卵，隨意的扔在刑場或戰場那種戾氣沖天、血流漂杵的地方，就永不回顧了。

運氣好的，得血腥戾氣出生，還得躲過頭七天的幼兒期不被其他妖怪吃掉，才能長大。孵出就很艱難，躲過七天的就更稀少了。戾鳥又有很強悍的領域觀念，同族相殘是家常便飯，所以這族妖鳥數量一直很少。

「我們這樣，不是乾淨俐落？」荒厄嚷著，「也不靠什麼父母，也沒什麼親友，想吃誰就吃誰，想殺誰就誰。打得過就是我腹裡食，打不過逃就是了。哪需要這麼麻煩，為了七情六欲哭哭啼啼？惹得我也難受！」

「荒厄，」我撫著她的頭，「心底還知道難受，比不知道什麼是難受好呢！」

她用力的將頭一別，逃得老遠。「說話就說話，別動手動腳的！」

「人家這是愛著妳呢……」

晃的一聲，她飛得不見蹤影。

笑了兩聲，我心底的確好一些了。荒厄還真是我的開心果呢。

第二天我藉口生病，都躲在房裡。我身體不紮實，不說時氣所感或挨了風邪，就算是情緒波動過甚都會萎靡，慘些還拉肚子。

現在可是拉得驚天動地，虛軟無力了。唐晨帶我去看醫生，醫生也看不出什麼頭緒，開了點不要緊的藥就要我回去休息。

我也是有苦說不出。果然美少女生的病和我等俗夫凡骨不同。人家生的是白血病或心臟病，古典一點的還生肺結核，行動吐兩口血。

我呢？不是擤鼻涕到鼻子脫皮，就是拉肚子。你幾時聽過美少女生過這種病的？

沒有美少女的臉孔，也有個美少女的體質呀。唐晨陪著聽我訴說拉肚子的病狀，真是尷尬到極點。

「怎麼會這樣呢？妳這身體……唉。」他憂愁的坐在床頭，「要不要熬個燕窩粥吃？」

我瞪他一眼，「你瞧過拉肚子的林黛玉嗎？」

他忍了忍，終於還是噗嗤一聲，惹得我也笑了。「別蹲在這兒，惹人笑話。」

我趕他，「吳家阿姨不是等著你出門嗎？」

「……我不想去。」他悶悶的說，「我不放心……」

「男子漢大丈夫，別這麼忒婆媽的！」我撐著虛軟把他推出去，「人來是客，苦苦蹲著不走，像什麼主人的樣子?!拉肚子又不是霍亂，哪裡就死了！」

等關上門，我順著門板滑到地板上，肚子一陣陣絞痛。

「妳這老毛病怎麼都好不了啊？」荒厄躲得遠遠的，嘴裡很不耐煩。

「妳以為我願意？」我沒好氣的回嘴，爬著去洗手間……幸好是套房。

這毛病來得急去得也快，拉個兩天就自動停了，藥都不用吃。這純粹是心因性腹瀉……唉。我還說唐晨什麼都悶在心底，找健康麻煩呢。他最少底子好，我呢？我底子這麼差，還不是儘往健康找補。

窩在床上，我看到擺在書桌的那只彈弓。當我母親早死了吧……這也不算錯。後媽才是我真正的媽媽，血緣算什麼呢？我不是沒娘的孩子，只差不是從她肚皮出來的而已……

「……這麼多年了，我想過要不要瞞妳。」荒厄悶悶的，「妳後媽開始的時候是怕妳的。就是怕，才對妳好。」

「我知道。」摩挲著那個彈弓，「但人是感情的動物。原本是假情，後來卻成了真意。哪能追究那麼多……她是愛著我沒錯。」

「那是因為妳愛她愛得狠了，把她給感動到。」荒厄沒好氣，「真無聊。」

「我想是妳不懂愛的真諦。」我雙手交握，「荒厄，我對妳……」

「別別別！」她慘叫的奪窗而出，「饒了我吧，饒了我吧～」

我笑了很久，但笑聲漸漸蕭索。

哪有那麼容易想得開？若「想開」這麼簡單，全地球的自殺率起碼也降低五十個百分點。但我也沒必要把手指按在傷口上，時時去討那個苦楚。我可以忽視它、不看它，靜待結痂、癒合。

朔說過，沒有什麼疾病是時間不能解決的。早晚我也會不痛，只是突然見著了，一時想不開而已。

但聽說她們明天就要走了，我還是鬆了口氣。我藉口要去央圖看書，堅拒唐晨的陪伴，悄悄的溜了。

我沒辦法跟「小阿姨」待在同個屋簷下。

正在抬頭研究公車站牌，我的肩膀被點了點。可以的話，我不想回頭。

自從荒厄倒灌生氣給我之後，我跟她的混雜更深刻，甚至有一點點讀心的能力了。血緣越濃，越容易閱讀。所以我才會發現「生母」。

冷靜，沉著。我嚴厲的提醒自己。我在唐家作客，好歹要看在唐家爸媽對我好的份上不得失禮。而且世伯認了我這個弟子。

我若無其事的轉過來，裝出一臉訝異，「……小阿姨？」

她美麗的笑了笑，有些害羞的。「這幾天想跟妳聊聊，但妳身體都不好。」

「我身子骨有些弱。」其實也沒想像中那麼難。

她跟我閒聊了幾句，不太好意思的問，「蘅芷……虛柏兄很忙嗎？想去拜訪他，他卻說他沒時間見客。」

「呃……」我想到朔去世伯那兒「小住」，我想他的城牆大概崩潰得連渣都不剩，應該「很忙」。「我想是的。」

她撫著肩膀，像是不勝苦楚。「……既然妳是他的得意門生，可否幫我看看？」

我有些奇怪了。「看什麼呢？」

她欲言又止，掙扎了好一會兒，「……真的有嬰靈嗎？」

才剛說出口，脖子連著肩膀那兒，從背後冒出一個小孩兒的腦袋，目光炯炯的看著我。

……那是我的臉。

我應該是嚇到她了，她全身發抖。「……真、真的有？怎麼辦？蘅芷……妳能想個辦法嗎？」

腦海一片空白，好一會兒我才聽懂她說什麼。

「我……」才說一個字，荒厄不知道從哪冒出來，厲聲說，「別理她！」

勉強定了定神，我把眼淚全部逼回去。深深吸了幾口氣，我輕輕笑了聲，「馬路上不好問這個……我們去公園找個地方坐吧。」

「可以先回唐家呀。」她一臉莫名其妙。

我猛搖頭，「……沒事的，很快。」

唐晨家附近有個小公園。唐晨常在這兒教我打羽毛球……因為我被網球砸昏過，羽毛球安全多了。

想到唐晨，六神無主、如墜冰窖的感覺緩和許多，我像是找到勇氣面對。

「妳不要理她！」荒厄吼著，聲音卻有幾許哀求。

我輕輕拍她，然後面對著「小阿姨」坐著。

「為什麼妳這麼認為呢？」我擺出最專業的模樣，將來我真的可以去當神棍了。「說說看吧！」

她徬徨的左右看看，「……雖然很多人都知道，但請妳不要告訴別人。我、我年少無知的時候，生過一個孩子。」

她一面說著，那個小孩兒就越清楚、越大，緊緊的攀著她的肩膀。

「……但我的人生，怎麼能這樣就完了呢？我那時才十六歲……爸媽又願意原諒我。所以……」她吞吞吐吐，「所以我走了。」

那個小孩兒發出無聲的慘叫，不斷搖頭，掐著她的肩膀，又咬她。

「小阿姨」露出苦楚的神情，撫著肩膀。

我的心，真的很痛很痛。痛得像是被千刀萬剮一樣。我不要知道，我不想知道。「……妳為什麼不拿掉呢？生下來做什麼？」

「年幼無知，讓愛情沖昏頭了。」她流淚，「老師願意娶我，他肯負責任呢……但我沒想到婆婆這麼難相處，而他也不過是個窮老師。」

我快要不能呼吸了。

「別問下去了蘅芷，」荒厄大跳大叫，「當作什麼都不知道不就結了！」

「……妳沒說實話呢，『小阿姨』。」我反常的鎮靜，「那妳怎麼會認為那孩子死了呢？」

她交握的手發白，眼淚掉得更凶。「我……我……我把漂白劑放在奶瓶裡……」

她掩面。

那孩兒的尖叫聲淒厲苦楚，我想是日日夜夜迴響在她的夢裡吧？

「嬰靈」，從來不是我。是她日積月累的罪惡感虛妄的餵養，餵出一個折磨她的幻影。

從來都不是我。

原來如此，原來如此。為什麼一見到她我就湧起殺意，我這樣一個膽怯無用的人。一個七個月大的孩子懂什麼……但有些記憶就是會掩埋在潛意識之下。

想來是荒厄無意間救了我一命。喝了漂白劑死掉的嬰兒是不中吃的，她大約把奶瓶摔遠，又和同族打成一團。

凡事自然有其因果。

「所以不關咱們的事情！」荒厄暴怒，眼淚卻掉下來，「讓她被自己養出來的罪惡感咬死好啦！」

是啊，這樣最好了，不是嗎？我沒做錯什麼。

我注視著羽毛球場，幾個孩子打得很開心。

當然，我可以不要管她。但我怎麼面對良善純潔的唐晨？我若坐視不管，那我還有臉抬頭看唐晨嗎？

「妳不該在這裡的。」我輕輕按著那團虛妄，「跟我來吧。妳在那女人的身上得不到妳要的。」

那可憐的孩子，可憐的虛妄。她露出讓我不忍心的深刻痛苦，嚎啕著，來到我的懷裡。

「……妳真是個瘋子！」荒厄又哭又叫。

「是呀，我是。」在心底，我靜靜的回答。

回頭看著那個女人，懷裡灼燙的苦楚衝進我的心裡。「沒事了。妳走吧！」

我轉頭就走，開始啪啦啦的掉眼淚。

拚命的往前走，但我不知道我要去哪裡。

天地之大，沒有我容身之處。說不定我真的跟荒厄當妖怪去比較好……不對，這樣荒厄到頭來還是妖怪，沒得正果的機會。

我不如去台南打擾世伯一下，求他傳戒，讓我出家吧！

「要妳管我那麼多?!」荒厄嚇得又哭又叫，「妳罵我兩句吧，不然讓妳打兩下……就是不要這樣兒，我害怕……」

「我還有誰呢？」我只覺得被瘋狂悲痛征服了，這下連眼淚都掉不出來。「就這樣，我們走吧！」

她跟我拉拉扯扯，舉了一大堆例子要我想想，特別想想唐晨。無奈我萬念俱灰。

當初拿掉我，就沒事了。我來得及無知無識的另投別家，說不定還幸福快樂，最少是人類的一生。不肯拿掉我，等我出生，又怕自己心軟回頭，乾脆下了狠招。

我這連生母都想毒殺的孩子留戀什麼塵世？早早離了紅塵吧！

正不可開交，卻有人喚我，「蘅芷？」

茫然的轉頭，玉錚瞪著我。「妳幹嘛……」看看荒厄，又看看我懷裡的那團「苦楚」。

「……沒事。」我眼神飄忽開來。

但她和我，都是「巫」。我這樣情緒悲痛到幾乎崩潰的時候，根本無法築起高牆。所以她稍微探一探，就深染了我所有的苦楚。

「怎麼這樣？太要命了這個……」她憐憫的伸手，卻抱走我懷裡的「苦楚」，「小孩子不是她的洋娃娃欸……」

她的天賦不自覺的包圍了我。

這個時候，我才對玉錚有了新的評價。她或許耽於肉欲，任性又趾高氣揚。但她終究如原靈所現，是隻「母獅」，君臨大地。

領土對她來說不過是提供歡愉和子嗣的來源，對她來講，最重要的是同族的子嗣和子民。她是睥睨的母親，寶愛領土內的一切弱小。

果然是個肆無忌憚的女王。她和唐晨是不適合的。

我哇的一聲，淚如泉湧。隨著痛苦的「苦楚」漸漸消失，我心底的那種發膿的痛苦也隨著淚水漸漸去淨。玉錚緊緊的擁著我，她的天賦和情緒也深深感染我、治療我。

直抵心靈深處的巨大傷痕，讓一個母獅似的少女「母親」癒合了。

哭到脫力，她把我拽回家，跟夏家媽媽擺擺手，粗魯的拿毛巾擦我的臉。「好些沒有？」她漫不經心的問。

我無力的點頭。痛死了。哭得太緊張用力，我現在脖子好痛，好像被斬首。

「天下多少孤兒，也沒見他們哭得這樣聲嘶力竭。」她撇了撇嘴。

……她跟荒厄真的很像。

荒厄這傢伙，明明知道玉錚的天賦被我消滅不少，她還是逃得很快。嘖嘖。

「現在……」我虛弱的說，「我開始喜歡妳了，玉錚。」

她大概全身的寒毛都豎起來，能看到的皮膚都布滿雞皮疙瘩。「……不要啊！為什麼？這是今年第四個女生對我告白了！我做錯什麼呀～～」

……我不是對妳告白啊，孩子。

最後我掙扎著去做了個了結。

等她們要告辭的時候，我在樓下等她們，然後叫住「小阿姨」。

「『小阿姨』，從來沒有什麼嬰靈，那只是妳的罪惡感。」我深深吸了口氣，「妳的孩子還活著。」

她張大眼睛，「妳、妳怎麼知道？」

一個名字，一個生命，七個月的養育。我想過我這生或許坎坷崎嶇，但是……我還是覺得……

活著，真好。

我朝著她跪下來，磕了七個頭。「妳我緣分到此為止，母親。妳既然已經忘了我，我也不再記得妳。所有恩怨，一筆勾消。」

轉頭就走，我不關心她的表情。饒恕別人，就是饒恕自己。

走了很久很久，走到我腳痠，走到再也走不下去。喘著抬頭看天空，沒想到這個污濁的城市，也有一碧如洗的時候。

「勉勉強強啦。」荒厄伸翅拍拍我的頭，「還是誇獎妳一下好了。」

「還要妳說？」我笑了起來。

之二 山非難

「奇怪，仔細看妳五官也沒長錯什麼。」玉錚咬著眉筆，苦惱的說。

被迫坐在梳妝台前，脖子上還頗專業的圍條破圍巾的我，翻了翻白眼。「……各就各位就好了。請問我可以走了嗎？」

「各就各位？是各行其是吧！」玉錚把我壓回椅子上，試圖化腐朽為神奇。「真奇怪，明明分開來看，五官都不錯，湊在一起就是不對勁了。」

……真謝謝妳精闢的解說。

我知道我長得很平凡，也知道五官分開來看沒什麼地方長壞。但容貌這種東西，差之毫釐，失之千里。再說，我對自己的長相很滿意了，反正一天照鏡子的時間又不超過五分鐘。

如果說，長得漂亮點，就可以從此不再見鬼，我就算負債千萬都會去整型。可惜我的問題不是金錢可以解決的。

想辦法活下去就很艱辛了，還煩到容貌去？長得平凡點也好，不顯眼。有句俗話說——槍打出頭鳥。這樣平凡安分的長相，至少惹的麻煩比較少。

「妳這是什麼麵條人的身材……」玉錚非常頭痛，「我的衣服給妳穿怎麼成了布袋……不看臉我分不出妳前胸後背。妳的胸呢？妳的屁股呢？」

「我穿自己的衣服就好啦！」我已經開始火大了，「看場電影而已，不是去選美！求求妳呀小姐，妳自己裝扮就好，為什麼……」

「弄得妳像我的跟班，能看嗎?!」她吼，「啊，對了，我有件國中時的洋裝好像可以……那是不退流行的款，我找找……」她不屈不撓的在雲深不知處的衣櫥裡奮鬥。

我頭痛不已。這女人……真的跟荒厄有很接近的地方。

自從在新竹共同赴險後，她對我的態度就緩和很多。而我斷了生母緣分，差點讓「苦楚」逼著出家時，她拉了我一把。

照理說我們應該扯平了……但她反而騎著機車去把我找回來，逼我在她家裡住下。

我是很感激她……因為「小阿姨」在唐家鬧了一場，又鬧到夏家來，卻被玉錚攔在門口，用那種捍衛領土的態度，乾脆的轟了出去。她撒潑起來頗有荒厄的氣勢，最後「小阿姨」只能淚灑門口，讓大阿姨勸著走了。

事情鬧得這麼大，我實在沒臉住下去。但唐媽媽流著眼淚，唐晨攔著公寓口不給我走，玉錚連廢話都不跟我講，揪著衣服就拖回她家，一面跟唐媽媽說，「放心放心，寄放我家幾天。她敢走？我打斷她兩條腿！」

……我不知道該哭還是該笑。

過了兩天，我還是被唐媽媽接回去了。她不知道當中因由，只是期期艾艾的說，「父母就是父母，一定是有什麼不得已……」

唐媽媽，妳這樣心性純良的人，當然是這樣的。

「我只是震驚了點。」我趕緊開始扯謊，「再說『小阿姨』有自己的生活了，心底知道就好，也不是在口頭上。」

但我很難相同的對唐晨說謊，我還是盡量輕描淡寫的述說來龍去脈，但隱去我想出家那段。

他還是生氣了。「妳怎麼不跟我說？妳願意跟玉錚講，不肯跟我講？」

一時語塞。他氣得臉都紅了，我又覺好笑又覺好氣。「……又不是我主動跟她說的，算是一種心靈逼供……」

「我是不是也要逼供，妳才願意什麼都對我說呢？」他反而更氣了。

雖然不是我的不是，但我還是低頭認錯。

抓著我的手，他也不管我起蕁麻疹。「……別再偷偷溜走，或瞞著我什麼。」

我想搶回自己的手，卻徒勞無功。我只能無奈的看著蕁麻疹往上爬。「是是是。」

這件事情算落幕了。唐爸爸和唐媽媽都是體貼的人，不會白目的跟我提這個。

只是用更同情更溫和的態度對待我，唐晨和我拌嘴，他們都會罵唐晨。

這讓我難堪又感動。

唯一的意外是玉錚。她暑假無聊，會跑來唐家把我抓過去，像現在。花兩個小時在我臉上塗塗抹抹，就為了去看場一個半小時的電影。

「找到了！」她歡呼一聲，拉出一件素淨的小洋裝，「換上吧！」

在她揮拳頭暴跳之前，我嘆息一聲，認命的換上。「……我相信妳有很多朋友願意陪妳去看電影。」

「那些蠢男生？」她鄙夷，「看電影不好好看，淨在我身上摸來摸去。真把他們拖去旅館……他媽的，我才暖機他們就當機了！惹起我的火卻放著不管，還讓他們摸個屁啊～」

我喊了幾次停，她才不甩我。這女人怎麼口無遮攔到這種地步……

「總有女生願意陪妳看吧！」我紅著臉叫。

「……別提了。」她哀愁的在臉上塗抹，「我在電影院裡頭被女生告白三次了。我的心靈很纖細脆弱的。」

……最好是這樣啦。妳若纖細脆弱，那荒厄就是善良無辜的多情少女了。

「關我屁事！」荒厄搧得我滿頭頭髮亂飛。

我還沒發作，玉錚發作了，「死鳥！我花那麼多時間才把她的頭髮梳好，妳幹什麼妳?!」

所謂虎死威猶存。即使知道她的天賦實在大不如前了，我們這隻「金翅鵬王齊天娘娘」飛逃得掉羽毛，已經是天邊的一個小黑點了。

我將臉埋在掌心，疲勞的嘆了口氣。

我一直以為像唐晨玉錚這樣漂亮的人物，人緣既然好，知己一定很多。

但我忽略了一個事實：撇除皮相，他們也是個普通人。

玉錚長得好，但她性格堅決暴躁，驕傲又趾高氣揚。愛她愛得要死的，通常是性格比較模糊的人，但是這樣的人對她來說，頂多是子民，心底多少是有點瞧不起的。

個性同樣強烈的，又彼此看不順眼。事實上，女王之路，還真的是頗為孤獨。

一開始，我不懂她為什麼對我青眼有加。明明我罵過她，也傷害過她，而且在她幾乎崩潰的時候看過她最脆弱的一面。我還以為她會逃得遠遠的。

「能跟我抗衡的人沒幾個呢！」她睇了我一眼，「妳骨頭夠硬。」

……明明我很卑微低調的。「還不是讓妳抓來抓去，老鷹抓小雞似的。」我咕噥。

「那是妳很溫柔啊，哈哈哈！」她狂笑。真是喔……人長得正還是有好處。這樣狂笑，只見嬌媚，卻不顯醜態，多賞心悅目。「小晨就是欠妳這樣硬骨頭。若他有妳這樣硬骨，發情期跟獅子一樣我也就算了。頂多打打野食……」

扁著眼睛看她。她評斷起男人真是絲毫不留情面，而且一點都不會臉紅。

但跟她相處真還滿有意思的。她好強所以很用功，不管是什麼方面。渾身帶刺的豔麗玫瑰，連風雨都不敢侵擾。強悍到可怕，但又不得不沉迷於她的香氣。

難怪會有女生跟她告白呢。除卻美麗的外表，她個性堅強的比男人還男人。這年頭的男人一個比一個娘，玉錚顯得非常值得信賴與崇拜。

除此之外，因為我們兩個都是「巫」。溝通不僅限於語言，還有比較斯文的情緒深染。跟她相處真是如沐春風……就是風狂雨大了點。

荒厄若是成了人，說不定是這樣兒的。

看完電影要回去了，我們等著糖炒栗子，「妳養的那隻鳥吃什麼？要帶點啥給她嗎？」

她不但傷痕復原得極快，對荒厄也適應得非常快速。

「……她吃我的生氣。」我搔搔頭。

結果她買了兩包糖炒栗子給我。「多吃點，才供應得上嘛！」

是說她的思考邏輯實在是……

等回到唐家，已經八點多了。我送上糖炒栗子，唐媽媽高興得嘴都合不攏。她是很愛吃這個的。

但唐晨看到我卻嚇了一跳，直直盯著我的臉。我舉手擋他，「別說，我知道。沐猴而冠是吧？」我走入房間洗臉。

他追進來，「呃，我沒那個意思……」

洗了兩遍才把臉洗乾淨，大大鬆了口氣。女孩子還真是了不起，這樣悶著臉出門，還能談笑風生。我只想到唐三藏被迫在臉上罩著豬臊泥裝孫悟空。

一回頭，看到他還倚在浴室門口看我洗臉，我有些發悶。「……有啥好看啊？」

他鬆了口氣。「其實，我覺得女孩子長得都差不多。」他摸了摸鼻子，「但是妳變成『差不多女生』我還是嚇了一跳。」

……你的審美觀是不是該檢查一下？

「玉錚就愛來這套。」我把差點扎進頭皮的髮夾都拿下來，一整個輕鬆。

他沒講話，在我桌上翻著書，我想換衣服，但他又不出去。「呃……」

「妳……是不是比較喜歡玉錚啊？」他吞吞吐吐半天，突然語出驚人。

瞪大眼睛，我看著他，他卻不看我。想探知他心底真正想說的話，但他本能的築起高牆。

「我沒跟她告白，也不是那種喜歡。」我說。

「……跟我比起來呢？」他又問，但還是不看我。

我更摸不著頭緒了。「……唐晨，你中暑了？」

他輕笑兩聲，「我只是在想妳們倆本來不對盤，『是幾時，孟光接了梁鴻案』？」

他這麼一問，我反而有點蕭索。「從『辭母』接上了。以前不認識，只覺得她囂張得可厭，認識深了，果然如你說的，是個認真又有正義感的女孩子。」

唐晨沒說什麼，只是笑了笑，就出去了。

「嘖嘖，青春。」荒厄搖了搖頭，「這就是青春。」

「妳跟唐晨是怎麼了？有話不講，拚命打啞謎？」我沒好氣。

她斜著眼睛看我。「妳喔，鈍得緊。唐晨吃醋了啦。」

「妳瘋了喔！」我翻了翻白眼。

「哎唷，妳這種沒青春的小老太婆怎麼懂。」她也翻白眼。「現在他不知道該吃妳的醋好，還是吃母獅的醋好，兩下為難。發現還是醋母獅多些，讓他忐忑呢……真可愛。」

我揮手趕她。誰理她那些瘋言瘋語……鬼聽得懂？他對我們兩個女生有什麼醋吃的，神經病。

但第二天，天不亮，他就把我抓出去運動了。

別看唐晨長得文氣，他體能可是很好的。打起網球又狠又準，我還讓他的網球砸昏過。

我呢？我的體能已經不能用「不好」來形容了，一整個悽慘。

所以他找我出去運動，基本上是場災難。不到十分鐘我就討饒，又剛好遇到他國中時的同學。唐晨讓他們拉著去打籃球，我才獲得一點喘息的機會。

結果我在籃球場旁邊的長椅上睡著……夏天的太陽又毒辣。等唐晨發現時，我已經中暑了。

雖然很丟臉，但比起叫救護車，我寧願讓他揹回去。「……還是早晚燉燕窩粥給妳喝好了。」

「你不如讓我睡飽點。」我奄奄一息的回答。

「運動才是強身之本啦！」他頑固得跟牛一樣。

上樓梯的時候剛好和玉錚碰到，他們倆僵硬的打完招呼，玉錚的深染追上來，「……妳怎麼那麼敗，中暑？」

我只能乾笑兩聲。

「午後帶妳去吃下午茶吧，吃點蛋糕補一下。」

……我沒有要吃什麼下午茶……蛋糕補的只有脂肪，更何況我不喜歡甜食。

唐晨卻微微帶著笑意。「遇到玉錚你很高興喔？」我覺得有點奇怪。

「不、不是。」他微微有點困擾，「不是因為遇到她高興。」

我突然希望他們都是死人。我對活人真的已經到了束手無策的地步。

之後我過著一種比在學校勞苦百倍的生活。早上唐晨一定要拖我去打羽毛球，下午就被玉錚拖著走。他們像是達成某種無言的默契，但夾在當中的我非常辛苦。

我猜他們已經習慣彼此相依相伴的生活，分手之後不免有些無所適從。但也不要拿無辜的我頂缺……我真的要累死了。

荒厄這傢伙真是混帳。這都市稍微有頭有臉、不那麼正道的神神怪怪對她非常奉承，她每天東家請西家宴，玩得樂不思蜀，藉機離這積善之家遠遠的，快活賽神仙，完全不想我受苦受難。

「妳也該有些同齡的朋友玩玩，淨黏著我做什麼？」瞧她說的什麼話！像是我硬要黏她似的！

我不想什麼玩玩，我想回朔的家呀！我快崩潰了，真的……

＊　＊　＊

這樣劬勞果然出了狀況，我不爭氣的身體衝了陰七月，因為太過勞動，差點一病不起。

今年八月剛好逢陰七月，雖說我在我們墳山學校就該鍛鍊成鋼，可惜比起我們學校的密度，這個大都市的陰七月更是盛況空前。

這個月份本來就是鬼魂兒的嘉年華會，有旨在身，什麼地方都去得，又因為他們沒惡意，積善之家對他們沒影響……但對我影響很大。

過去荒厄會在我身邊守著，還無大礙。但荒厄什麼不好學，學了朔的一點皮毛，居然正經八百的跟我講究什麼「渾沌」，要我自己習慣。

「荒厄，妳該不會交男朋友了吧？」我在枕上咳得嘶啞，悶悶的抬頭看她。

「什麼男朋友。」她自得的攬鏡自照，「是我太美麗聰明有魅力，這樣的我，真是罪過……」然後翹著尾巴飛走了。

……荒厄的字典居然新增了「罪過」兩個字，真是不簡單。

這還不是最糟糕的。更糟的是，幫我看病的那個庸醫說，我發了氣喘，需要去空氣清新點的地方養病。

……你才發氣喘啦。我是著了風邪，懂不懂？我想他搞不好連這兩個字怎解釋都不懂。

但唐媽媽非常憂慮。知交滿天下的她，馬上幫我連絡了一個朋友，開心的要唐晨帶我去那個朋友的陽明山別墅養病。

……我不要去鬼魂密度更高的陽明山！

「唐晨啊，爸媽都有工作不能跟著去。」唐媽媽殷殷囑咐，「你好好照顧蘅芷……可別對人家怎麼樣！別說伯伯不饒你，媽媽也是不依的。」

……我更不要怪物吸引器的唐晨跟我去陽明山搞什麼孤男寡女！

但我病成這樣，一句話都得讓咳嗽切個千刀萬剮，怎麼說得清楚我的抗議？最後我黯淡的被扶上車。

我、我真的可以平安捱到開學嗎……？

照唐晨的際遇來說，這一路應該算平安。

不要算被人擠上安全島、停紅燈被撞車屁股、上快速道路（還是高速公路？）差點被大卡車攔腰撞上，和預拌混泥土車漏下來的水泥糊在擋風玻璃上……

最少我們沒有車毀人亡，穩穩的開進唐媽媽朋友的別墅，只有倒車入庫的時候，活生生平移的擦了牆壁，我得爬到駕駛座那邊，不然開不了門。

我正在欣慰唐晨的運氣有轉好的趨勢，回頭一看，他的脖子上掛著三個正在粉碎的玉墜子，雙手的佛珠邊走就邊滾下來。

……幸好他們家底厚，親戚多，耗損得起。

唐媽媽的朋友，據說也是個喜愛研究鬼神的人。看看這屋子，不得不承認他研究頗有小成。在鬼魂密度如此之高，經過陰七月更張牙舞爪的陽明山，居然清靜得宛如一方淨土，真令人熱淚盈眶。

* * *

雖然得撐著頭皮才「擠」得進屋子，這跟我是個妖人有關，卻不是屋子的錯。

隔絕了病源，睡了一夜就覺得外感輕了很多，最少不會咳得差點把肺咳出來。但這個老別墅瀕臨山路，整晚都有人在飆車，未免有些美中不足。

我換了衣服，扶著牆壁邊咳邊下樓，唐晨已經煮好了早餐，笑嘻嘻的來扶我。

「氣色真的好多了呢，我不知道妳有氣喘。」

苦笑兩聲，「……我從來沒有什麼氣喘好嗎？」

他的手藝跟我等級差不多，不過有得吃就好了。這位不知道是叔叔伯伯還是阿姨姑姑的別墅，有很多藏書，唐晨又帶了兩台筆電來，看看書，非常弱的陪唐晨打打電動，還是頗可消遣。

樹蔭森涼，在家家戶戶游泳池（不管多小）的別墅區，這位長輩的院子卻趣致的挖了個淺池，裡頭有幾株蓮花，垂柳拂水，讓人望之忘憂。

夏夜無事，他會堅持我穿上小外套，帶著捕蚊燈去池畔乘涼，談天說地。有時連藥爐都搬出來，一面煮著世伯開的中藥，一面仰望滿天星晨。

靜態到這種地步，唐晨卻一直很開心，也不知道他樂乎什麼。

只是有時候，我們正在閒談，卻會被飆車族驚人的排氣管聲掩蓋過去。

偶爾吵吵就算了，但不知道是不是夏天上火，有時整夜整夜的讓人不能睡覺。

唐晨打了幾次電話報警，但這些不要命的小孩去而復來，非常煩擾。

「技術很差，血氣方剛而已。」唐晨凝重的搖了搖頭。

我笑了一聲。唐晨這乖小孩，跟人家評斷什麼技不技術。

他摸了摸鼻子，「我也是騎過車的。」

「我知道呀，我也會騎。」

他笑了起來，很含蓄的說，「我在施伯伯家裡寄放了一部機車。」

這戶的主人姓施，我是知道的。但我不知道唐晨寄放的「機車」，居然有一千CC。

「……這是你的？」我跟他到車庫，看到揭開油布下的龐然大物，整個囧了。

他聳聳肩，「我剛考上高中時，二叔叔送我的賀禮。」他開始嫻熟的擦拭保養，「就騎了國中畢業後的一個暑假。」

……你這種妖怪吸引器跟人騎什麼哈雷？而且這部哈雷沒撞成廢鐵實在不自然……低頭細看，這部氣勢非凡的重型機車，烤漆著一些文字。車底是黑的，烤漆也是黑的，所以一時看不清楚。

等我看清楚是部金剛經，整個默默無言。

「我載妳出去逛逛？」他邊換機油邊問。

我乾笑兩聲，「……等等還要吃藥呢，夜風又大。」

他點點頭，不無遺憾的。「好久沒騎了呢。玉錚讓我載一次，說什麼都不讓我載了，為了我還繼續騎，她還生了好一場氣。」

……我完全明白她的感受。

但是福不是禍，是禍躲不過。該來的還是會來，該上的車……還是得上。

被飆車聲吵醒的時候，我聽到窗外有人低語。

「……總是良心不安。」

「咱們插不上手，各人福禍各人擔吧。犯不著跟他們同流合污，但也不用插手這事。」

「可是……」

「哪管得了那麼多閒事？至多別讓他們曝屍荒野。」

我坐起來，卻又沒了聲響。仔細傾聽，又聽不見什麼。

荒厄當初把生氣灌到我身上，是我大難不死的主因。沒她的生氣，世伯只能來幫我收屍了。但我全身的肌膚都轉成細鱗，體質也偏妖。但這樣妖不妖、人不人的，人類的醫藥變得對我效力極微，卻免不了原本的虛畏。

我變得更容易生病，卻缺乏妖族的異能。彰顯在我身上的妖能，就是比起以前，更能清楚的感知人類的情緒而已。但也只是情緒，還得集中精神才勉強算得上讀心。

而人的心總是非常亂，像是看著雜訊非常多的電影，有時根本看不懂。

但剛才窗外的對談，明顯的不是人類……最少不是活著的人。

一來是睏，二來是病久疲憊。我又躺下來，朦朧欲睡。剛剛才睡著，又被粗魯的搖醒。

「都快死了，還睡！」荒厄拚命搖我，快把我的骨頭搖散了，「起來起來！」

眨了兩下眼睛，我昏昏的披衣而起，「……荒厄？」

「小聲些！」她的聲音倒是挺大的，「去把唐晨叫起來，快走快走！」

這下子我清醒了，跌跌撞撞的摸進唐晨的房間。他沒開燈，我摸了半天才摸到他。

「……蘅芷？」他聲音裡充滿尷尬，「妳、妳……」

「唐晨，」我推他，「荒厄叫我們走。」

「拖拖拉拉做什麼？」荒厄火大的嚷，「快走呀！」

我跟唐晨糊裡糊塗的讓她趕到車庫去，她一看到那部寫滿金剛經的哈雷，眼睛一亮，「有救了有救了！就這部！快快快，死老百姓！」

真不想充當這個翻譯，掙扎了一會兒，「……荒厄要我們騎這部走。」

「這部？」他滿眼疑問，「她想兜風？」雖然疑惑，但唐晨乖乖的拿了鑰匙發動。

……我真的不想上車，但荒厄打著罵著，硬把我逼上去。

「荒厄，這是怎麼了？」我還想掙扎，「三更半夜不睡覺……」

「還睡！不快逃你們就等著永眠吧！」她跳到我的左肩，「禍事了！」

荒厄說，這都市的妖怪被墳山的幾樁「意外」刺激到，說什麼都不能讓唐僧肉被外縣市的妖怪吃了。處心積慮的締結聯盟，就是準備分了唐僧肉。又逢陰七月，神佛管轄最鬆的時候，他們刻意挑這個月發難。

但人多嘴雜，統合不易。到現在才終於解決了分屬問題，又剛好唐晨和我離了家，趁此良機，大夥兒殺過來了。

「……妳怎麼知道……」我恍然大悟。怪道她成天在外瘋，不回來呢。我和荒厄和諧相處，還是上大學前不久的事情，沒多久就南下念大學了。這些妖怪不知道我和荒厄的新關係，看她誤打誤撞煉出個金翅鵬，就想把她拉攏過去。

荒厄不愧是子姑神，跟他們虛與委蛇，想打聽他們正式發難的時刻。

這隻傲嬌鳥王忸怩半天，怒嚷著，「要妳想這些呢！讓唐晨騎快些呀！」

「唐晨，唐晨！」我抱著他的腰，大聲的在他耳邊「翻譯」。他沉默的聽完，點點頭，「蘅芷，抓緊我。」

然後像是砲彈一樣飛衝而去，我忍不住慘叫出聲。

這是下坡路啊大哥！雖然需要騎快點，但不需要這樣啊～別不等妖怪聯軍殺過來，我們就出了車禍～

跑沒多久，那些聲勢浩大的飆車少年就從山下跑上來，更可怕的是，他們整齊劃一的越過雙黃線，筆直的朝我們撞過來了！

輪胎發出可怕的唧唧聲，唐晨冷靜的一個大迴轉，看看越不過這些密密麻麻的飆車族，他改變方向，往山上騎了過去。

「快呀，快呀！」荒厄大跳大叫。

不用她嚷，我就臉孔蒼白的對唐晨說，「別被追上。」

那些飆車少年不僅僅是殺氣騰騰，幾乎是千篇一律的帶著鬼氣或妖氣。我還在想，這麼大規模的圍獵不可能不引起注意，但我真沒想到他們附身在狂於速度的慘綠少年身上掩人耳目。

「交給我吧！」唐晨依舊冷靜，一個甩尾過彎，把哈雷騎得宛如飛機低飛，拉開圍獵大隊的距離。

但也把我的膽子給甩沒了。

「放鬆點，蘅芷。」唐晨的語氣像是在聊天，「太僵硬會難以平衡。」

「我……」話還沒說完，哈雷就猛然一衝，我用力抱著他的腰，把慘叫悶在他的背後。

我要說，學壞也是要有環境條件的。我人怪到連不良少女都不要，更不要提飆車。機車還是為了上學，硬著頭皮買部二手車，摔了兩天才自己學會的。我騎車都被唐晨笑像是烏龜在爬，沒超過四十過。

但我只看過一眼時速表，就沒有勇氣看第二次。我猜時速表一定壞掉了，機車不可能騎到破百的。

這是山路啊啊啊啊～～

啪的一聲，整條路的路燈一起熄滅了。除了車頭燈，前面毫無光源。圍獵大隊卻越逼越緊，遠燈鬧得一片白花。

「哼，雕蟲小技。」唐晨冷笑一聲，既險又狠的逼著護欄閃過彎，我的心臟快跳出胸腔了。

玉錚，我真的、真的非常明白妳的心情。我發誓，這輩子只要還有一口氣，絕對不會讓唐晨摸到機車的龍頭。

他比後面的圍獵大隊恐怖太多了！

「躲著做啥啊？我的小姐！」荒厄對我吼，「他們逼得太近了……我去掠陣，妳好歹也看看後面哪～」

她飛衝進車陣，回頭一看，幾輛機車摔成一團，不知道有沒有人死傷。但我很快就忘掉這點仁慈了……

因為離我們大約三個車身的騎士，脖子長得跟蛇一樣，一口白森森的牙在車燈照射下閃閃發亮，黏著口涎，撲了過來。

幾乎是反射動作，我摸出口袋的彈弓和月長石，拉滿弓打進他逼到我眼前的大嘴裡。

他立刻摔倒，後面的車子撞到他，又摔成一團。深夜裡碰撞聲和慘叫聲非常的刺耳。

我馬上把仁慈之心打包起來，拿出朔的那一套。開玩笑，我也是巫欸！我願意秋毫不犯，但必定睚眥必報！

「蘅芷？」唐晨有點擔心的問。

「……沒事。」我抖著抱住他的腰，「再快點。」

他倒是樂意從命，風快要把我的臉皮刮走了。

荒厄氣喘吁吁的飛回來，「太多了。哪來那麼多飆車的笨蛋給他們附身哪？」

「……人不輕狂枉少年？」我苦笑一聲。

唐晨倒是笑了，荒厄對我直翻白眼。

我是不懂唐晨的技術如何，不過的確堅持了很長一段時間。但終究還是被追上過，只是想踹車的飆車少年（妖？）才碰到車殼，慘叫著縮起腳，還起火燃燒。

「讓人不舒服的車，但真是厲害。」荒厄稱讚，又納悶起來，「是誰神經到把機車弄成法器呢？」

我很想知道……但也不想知道。認識世伯就太多了，我不想認識更多唐晨家的「高人」。

世伯算是比較寬容的那種，但我知道大多數斬妖除魔的高人是不給妖怪說第二句話的。

圍獵大隊不再試圖對機車下手，卻想把我或唐晨弄下來。

該說唐晨厲害，還是本能超凡入聖呢？總之，他們費盡手段還是讓唐晨閃掉，有的是讓我拉彈弓打了。隨著月長石存貨越來越少，我不禁懊悔起來。

當初想唐晨家是積善人家，沒什麼需要動用武力的地方，我就沒帶多來。

最後一顆月長石，但有兩個妖怪的長槍還是戟快戳到我們了。

一發狠，用最後的月長石打發了一個，另一個我拉了空弓，解決了。

是，我拋擲了我的健康。（或說生命力）

數量多到這麼可怕的地步，簡直是一個軍隊了。荒厄雖然厲害，也不可能全滅，她已經累了，唐晨專注的甩開他們，我不拋擲這健康，讓誰來呢？

看起來，我的健康真是強悍，比月長石威力還強。且戰且走，原本多到可怕的車隊變得零零落落，並且拉開距離了。

直到一個三叉口。

沒想到戰了半夜只是徒勞，有兩支伏兵以逸待勞的埋伏在這兒。

完蛋了。

「往山谷騎下去！」荒厄指著黑暗，「唐晨你行的！」

我肩上的荒厄，漸漸發熱、發光，亮得像是一團火。「可別瞧不起我金翅鵬王齊天娘娘！」就衝進伏兵中。

「荒厄！」我大叫。

但唐晨卻猛然的轉了個方向，衝破護欄，用可怕的高速衝過灌木樹叢，朝山谷下騎去。

雖然我不懂飆車，但我猜唐晨的技術應該很棒。我們並不是筆直的衝下山谷，而是略成之字形，並且閃過許多樹，沒撞上去。

一直衝到山谷，陷入泥濘的小溪，這才空轉滑倒，哈雷這才熄火。

摔倒在柔軟的沙灘，遠比撞上樹車毀人亡好多了，更不要談被妖怪追上吃個四分五裂。

我試著爬起來，只聽到撕的一聲，胸口還微微刺痛。大約是個橫倒的枯枝勾到了，但我沒想那些，只慌著在黑暗的沙灘摸索。

唐晨呢？唐晨呢？

還是他摸到我的臉，我們幾乎是異口同聲，「你（妳）沒事吧？」

山谷裡很黑，今晚又是陰天，連星星都看不見。我只覺得他緊緊的抱住我，先是嚇了一跳，想想死裡逃生，我胸口一熱，反抱住他，低低的哭起來。

等眼睛適應了黑暗，我才覺得胸口涼涼的。低頭一看，喵低啦，剛我一扯，被枯枝扯裂了一幅前襟，我只能抱著胸口，尷尬極了。

他將眼睛轉開，脫下夾克，遞給我。

平常覺得他很文氣，沒想到他的衣服這麼大。肩膀寬、手長。他的夾克我穿起來像短大衣，袖子都把手吞沒了，連指尖都露不出來。

等我拉上拉鍊，他扶我起來，我才發現扭了腳，痛得很。但我咬著唇，不敢哼聲。一種嚴厲的壓力壓過來，透過荒厄我知道，她還在苦戰，但已經有妖怪組隊來搜山了。

「我們走，不安全。」我低聲。

我很擔心荒厄，的確。但我在這兒又嚷又哭有什麼用？只是讓荒厄分心而已。我是她的宿主，她的性命有一部分寄宿在我這兒。我只要活著，她就算碎裂成碎片，都還有重生的希望。

我若死了，就什麼都沒有了。

想朝壓力最輕的地方走，唐晨卻像是在傾聽什麼。「這裡，來這裡。」他拉著我的胳臂就走。

「不，我不想去那裡。」我掙扎著。那方向有種迥異於妖怪的壓力，但我不喜歡，非常不喜歡。

「這裡才對。」唐晨很堅持，「相信我，蘅芷。」

每走一步，我的頭痛就加深一分。後頸僵硬，並且毛骨悚然。我不知道在怕什麼，但我非常害怕。

向來溫和的唐晨卻幾乎是蠻橫的把我拖過去。

「就是這裡。」他大大的喘了口氣，笑了起來，閉著眼睛，很舒服的樣子。

但我更不舒服了。

那是一棵非常非常大的榕樹，幾乎是十個人才能圍抱的程度。在無盡的黑暗中，發著很淡很淡的白光……卻非常排斥我。

「樹爺爺，這是我最重要的知己。」他把手放在榕樹上，「她叫做林蘅芷。」

排斥的感覺消失了。我突然又呼吸得到空氣，悶在胸口的咳嗽這才出得來。拋擲太多健康，我很疲倦。

唐晨扶著我靠著樹幹坐下，我幾乎是感覺到樹幹起了雞皮疙瘩，發出沙沙的聲音。但榕樹似乎忍耐下來。我想跟荒厄連絡，訊號卻斷斷續續。但她卻要我待在這裡。

他挨著我坐，也靠著樹幹。「……我小時候在這附近走失過。」幾乎是孺慕的轉頭看著大榕樹。「卻在離施伯伯別墅這麼遠的地方找到。」

唐晨小時候去施伯伯的別墅作客，卻無端無故的在屋裡失蹤了。唐媽媽哭得肝腸寸斷，直到唐晨找到後好幾年，還會做惡夢起來哭著喊唐晨。

一個乖乖待在屋裡的小男孩居然無端走失，大人們找了又找，慌得不得了。最後是施伯伯開車經過的時候，心底動了動，走過來看，發現失蹤了一天一夜的唐晨，躺在大榕樹的氣根上，睡得很香。

「其實我不記得是怎麼走失的。」唐晨輕笑，「我記得一個很香的阿姨說要帶我去找媽媽，走了好久。但一個老公公很凶的用拐杖打她，罵她狐狸精，然後牽我過來，罵我不該跟陌生人走。最後說了很多故事，抱著我。醒來就看到施伯伯。」

他閉上眼睛，掛著安詳的微笑，「之後我拜樹爺爺當契子，契書還在家裡呢……蘅芷，妳說老爺爺會不會就是大樹公？我跟爸爸說，爸爸都說我傻氣。」

「……一定是的。」虛冷冒了上來，我無力的靠在他肩膀上。

我真的拋掉太多健康了。

意識慢慢的模糊，卻覺得肩膀讓人一按。

妳這麼妖裡妖氣的，我真不喜歡。

但溫暖又沁涼的生命力源源而入。

「大樹公，都統領巫失禮了。」我喃喃低語。

別拿那老頭兒壓我。我不是什麼大樹公，是那些短命人兒愛這麼叫。不應也不成……

本來是可以不應的。我是樹靈，他們是短命人，本來就不該有交集。但他們有什麼事情就來求，來哭。沒有事情，就來偷偷說些不好意思給人知道的祕密。喜歡了誰，要結婚了，有了小孩子。

生了小孩子，抱著紅通通扎手扎腳哇哇大哭的小肉兒來給我看。喊爸爸，喊爺爺，在我身邊長大。長大了來燒契書磕頭，帶著新娘子給我看。生了小孩子，又抱來認契子。

一代一代的。

累揹著，又不許不應的。

所以我才成了啥勞子的大樹公，沒辦法背轉過去不看。不想當什麼神，但他們這樣圍著喊著哭著笑著，不當又不行。

我哭出聲音，唐晨慌了，問了兩聲，自己也紅了眼眶。

帶著榕香的薰風圍繞著我們，我卻無法停止哭泣。

大樹公要我們往前走，因為祂只能擋到這個程度。

「月娘會照顧你們。」祂說。

順著一片片發著微光的榕樹葉，我們穿過黑暗的樹林，來到谷口。那瞬間，我和唐晨短短的停止呼吸。

是滿月。

烏雲散盡，她光潔的臉龐俯瞰著我們。瘋狂和理智、現實與虛幻、淚與笑，在滿月的魔力下，都模糊的交融成一片。

千禽萬獸，人類或眾生，都只能齊齊抬頭，孺慕的看著她皎潔的臉龐。

這一刻，我不知道如何訴說，也沒有言語可以訴說。我們敬畏，並且顫抖。但不是害怕的顫抖，而是一種和天地融合在一起，體認自己不過是滄海一粟般的渺小生命，那種接近狂喜悲慟的顫抖。

即使科學早已經告知我們，月球不過是個衛星，漂浮在太空中的一顆大石頭。但你仰頭看著滿月時，會把科學的一切都扔到腦後。

月，就是月。從眾生誕生前就照著自己心意的圓缺，眾生滅亡後也會如此。尤其是滿月的時候，你會忘記所有的一切，只能出神的張望著，一如她默然的張望我們。

唐晨碰到我的手，而我緊緊的握住他。

這一刻，我和他這樣接近，像是一個人似的。我們一起低頭，臣服在月娘的魔力之下，並且相信月娘的確會照顧我們。

* * *

直到月色西沉，朝陽露出金光，這囂鬧恐怖的一夜過去了。

荒厄找到我們，臉孔半邊烏黑，長髮參差，翎毛凌亂，有些傷可以見骨。但她氣驕志滿，「……哼，運氣好，居然逃過一劫。不愧是我看上的宿主和食物，我的眼光真的是呀……」非常高興的大肆吹噓。

「荒厄。」我哭著抱她。

「嘖，哭什麼啊？難道就死了不成？我誰？我可是金翅鵬王齊天娘娘！」她用鼻孔看天。

……我這次就不戳她了。力戰群雄哩，讓她驕傲一下好了。

圍獵大隊動作實在太大，又牽涉了幾條人命。據說惹動了城隍爺的氣，一紙四海捕書，大剿大滅了一番，群妖經此一役，元氣大傷，好一陣子銷聲匿跡。

愛八卦的荒厄跟我說，城隍爺動作會這麼大，是因為某王爺和某聖后「高度關切」，還主動調兵遣將。前都統領福德正神還寫了好幾百張的「私信」給北部各地管區，弄得像是天羅地網似的。

當然啦，新聞報導很切實際的說是「飆車族大械鬥」，而且說得活靈活現，像是記者就在場似的……寫新聞稿的可惜了，該去寫小說的。

只有一個後遺症。

唐媽媽看了新聞擔憂，打電話去施家別墅卻沒半個人接，驚慌不已，親自前來。剛好我和唐晨千辛萬苦的搭了計程車才回到家，我正在房間換衣服，她就闖進來。

她瞪著眼睛看我，又看到唐晨轉進來，「蘅芷，妳換好了沒……媽？」

唐媽媽低頭看我碎裂前襟的破襯衫，和扔在一旁的唐晨夾克。

「……唐晨啊！」她摀著臉叫起來，「媽媽是怎麼跟你說的!?我怎麼跟你伯伯交代啊!?」

「媽，妳聽我說！」唐晨趕緊分辯。

「這還有什麼好說的……蘅芷，唐媽媽對不起妳……」她哭了起來。

「不，唐媽媽，妳聽唐晨解釋啊！」我也叫了。

「別替這小壞蛋解釋了！蘅芷……可憐啊……」唐媽媽哭得更厲害，「我怎麼跟虛柏解釋呀？壞了妳的清規和戒呀！」

……我還沒出家。

在荒厄驚天動地的狂笑聲中，我掩住了臉孔。

之三　世伯

「……所以說，什麼事情都沒發生？」玉錚一臉的失望，「嘖，我還以為有什麼八卦……」

「沒有！」我對她吼，氣得眼淚都掉出來。

唐媽媽一場誤會，讓我和唐晨都飽受折磨。我們指天誓地絕無此事，直到把那台陷在山谷的金剛經哈雷拖回來修理，唐家爸媽才「略微」相信。但唐晨還是逃不過一場好罵。

「嘖，放過這樣好機會。誤會就給他誤會，掙扎什麼？剛好生米煮成熟飯啊～」荒厄的不滿已經高漲到臨界點，「錯過這個村就沒這個店啦！」

「唷，妳家鳥兒頗通情達理嘛。」玉錚稱讚。

「那還用說？」荒厄自得的拂了拂額髮。

遇到這麼相投的人和妖，我只能伏案痛哭。

「小晨也不錯啦，雖然發情期只有獅子等級……」玉錚遺憾的搖搖頭，「但應有的功能良好，一概俱全。」

「玉錚！」我噴著眼淚吼，「妳對他這麼滿意，乾脆和好算了！」

「但我只有發情期不像獅子，而是人類呢。」她豎起漂亮的手指。

……這女人的嘴是怎樣？懂不懂什麼叫做害羞啊～我掩著耳朵，但阻擋不住玉錚和荒厄興致勃勃的討論男人這樣男人那樣，她們一起埋怨我不給人一點機會。

什麼機會啊?!

「沒有的事情不要說得那麼開心！」我氣憤的拭淚，「別說我對唐晨沒那種情意兒……」硬著頭皮，「再、再說，唐晨好歹還是獅子，我……我……」

支吾了半天，我咬牙說，「我也是獅子，還是閹掉的。」

荒厄搖頭嘆息，玉錚睜大眼睛。好一會兒，她才說，「……我認識一個很行的猛男，雖然大腦空空。但如果……」

不等她說完，我就拚命哇哇大叫，好打擾她傳過來的影像。「我不要聽我不要聽～」

「蘅芷，妳起蕁麻疹了。」玉錚眼底滿是同情，「這可能是精神科才能解決的了。我爸爸認識一個很不錯的心理醫師……」

「這孩子的毛病就是好不了呢。」荒厄托腮煩惱，「說不定看看心理醫生可以死馬當活馬醫。」

……我是做錯什麼，得面對兩個荒厄啊!?

她們這樣就很吃力了，唐家爸媽更親切的讓人毛骨悚然。我擋著不敢看，荒厄卻聒噪得我要全聾，說唐家爸媽覺得我替唐晨掩飾，心底內疚極深才會如此。結論必定導向「趕緊跟唐晨結婚才會想殺他」這等荒謬。

荒厄真是落重本了，頂著頭皮忍耐相生相剋的積善之氣，成日大鳴大放的。嚷是這樣嚷，我真的對唐晨動殺意，恐怕會被這隻傻鳥切成十七八塊。

說是傻鳥，但這隻傻鳥真的轟動武林、驚動萬教了。

北上送「私信」的趙爺很興奮的跟我說，老長官嘴裡不講，面上著實有光。領下巫女一隻未能變化人形的式神，和北妖九萬聯軍周旋一夜，居然全身而退。

事後荒厄當然大吹大擂，鼻孔頂天好還是尾巴頂天好，讓她著實為難。但跟她混這麼久，剝掉那些吹擂，我也很訝異她這麼急智。

我們的知覺是相混的，平常都分得很開。但我看書時，她多多少少會感受一點，太無聊的就會撇開。但我看聊齋或西遊記，不知道是看太多次，還是她好奇人類筆下的妖怪，倒也知覺得滾瓜爛熟。

她一人面對九萬妖兵，頭皮還是會發麻。急中生智，衝了一陣就飛高大嚷，「唐僧肉也不多幾斤，哪能人人分到呢？說你們笨，還真是笨透了！賣了自己性命，卻替別人成長生！」

這傻鳥突然如此狡智，還知道要用西遊記第七十四回的手段，渙散了九萬妖兵的軍心。她又行動迅速，來去如電，讓她占了上風。退除附身又不是脫衣服，還得花時間，等回了妖身來戰，心底已經先怯了，三分之一趁夜開溜，另外三分之一跑去追唐晨，剩下的三分之一也不聽指揮，自己亂起來了。

一路撐到天快亮了，後知後覺的城隍爺才點起兵馬剿亂，到場就看到「金翅鵬王齊天娘娘」大展神威。

（呃……妖威？）

據說呢，清兵入關，還靠了半本三國演義。咱們的鳥王，卻只靠幾句西遊記。怎麼說都是我們鳥王勝出。

所以我很忍耐她的聒噪，愛說什麼就由得她扯吧。

幸好她這戰戰出威風，震撼了整個北部。雖說妖神不怎麼對盤，但「厲害」到這種地步的「大妖」也不得輕慢。聽說城隍爺煩惱了好一陣子，還是師爺獻策。

祂出面宴請荒厄的確於禮不合……但內眷就沒有問題啦！所以城隍爺夫人出面邀請荒厄過府小宴，城隍爺作陪。城隍爺都請客了，其他大宮小廟恨不得趕緊巴結一下，省得將來「大妖」不高興找麻煩。

所以她又被請得團團轉，能聒噪我的時間少很多。

我只希望她尾巴翹那麼高，別弄出個坐骨神經痛才好。

開學在即，唐晨和玉錚也忙得團團轉，整天在外面跑。

唐夏兩家親友多到可怕的地步，現代人生得少，這對漂亮人兒更受疼愛。玉錚偷偷跟我抱怨，說累得慌。上至爺爺奶奶外公外婆叔公舅公，下至叔叔伯伯姑姑阿姨嬸嬸大表哥小表妹，都要去一一致意。

「又不是去打仗，只是開學啊！」她哀號。

唐晨倒是沒抱怨過，但他裝護身符的行李袋日漸充實。我總覺得他不是辭行，而是補貨。想想很有趣，但他找我去「補貨」，我卻逃得跟飛一樣。

他們唐家親友臥虎藏龍，一個世伯就夠了。萬一遇到一個斬妖除魔為己任的，怕我沒說第二句話的機會。

他們倆在外跑應酬，荒厄跑大宴小酌，我終於有段清靜的時光。

這天晚上，連唐爸爸都有飯局，剩下我和唐媽媽在家，非常難得的沒有客人。

唐媽媽把我叫過去房間，喜孜孜的拿了塊通體青翠的翡翠要給我。「這是我婆婆給我的，」她撫平陳舊的紅線，「原本是廉疆（唐爸爸）的奶奶給的。這就給妳吧。」

等等，等等。人家媳婦代代相傳的首飾，為什麼要給我呢?!

「呃，那個……」我急出一身汗，「那個，戒律裡頭是不可以帶首飾的！」

她先是困惑了一下，「我看妳帶著手環，從沒脫下來過呢。」

手環？我低頭看了看手上的菩提子。「這是佛珠，佛珠。」

「是嗎？」她細看了一下，「這佛珠好像是我親手做的欸。真的是……當中那個舊琉璃是我的。」

硬著頭皮，我承認。「……唐晨送的。」

她按著嘴唇，想笑又不敢笑。「也是啦，這比較合禮儀，東西雖小，意思卻深呢。還滿浪漫的。」她包起那塊翡翠。

……唐媽媽，沒有什麼浪漫真的……

「真的要說說虛柏了。年輕女孩兒，收來當什麼弟子呢，真像鳳音說的，白耽誤人家。」她軟軟的埋怨幾句，我連吭聲都不敢。「好歹也等人家入世過了，知道紅塵滋味才好決定嘛。」

鳳音？我還想了好一會兒才恍然大悟。吳鳳音，大阿姨。

她像個小女孩笑了一下，低聲說，「剛我翻翡翠，翻到我們大學時代的相簿，要看嗎？有妳師父唷～☆」

世伯？對呀，他年輕時代也這麼正經八百嗎？

唐媽媽很興奮的翻開相簿，「這張啊，是鳳音回國度暑假的時候一起拍的……」她臉上有著淡淡的紅暈。

我一眼就看出世伯是哪一個，但驚駭到下巴合不起來。雖說是二、三十年前的大學，但也不會有人穿長衫吧？但他就是穿著長衫，有些挑釁的看著鏡頭。頭髮剪得短，但額上髮長些，顯得有種清純的感覺。

一個風流倜儻、神采飛揚的年少道士。

「他上大學遲些，比我們都大上一兩歲。上大學的時候，他就受戒出家了。」唐媽媽微微嘟著嘴，「這樣的人，出什麼家？但誰也沒勇氣說。還是鳳音勇敢，追他追了一整個暑假。這個人真是鐵打的，動都不動呢。但他啊……就是愛撩撥人……」

大阿姨要回去了，他們這群人到校園散步。世伯卻要他們在湖邊的亭子等著，自己卻繞到湖的另一邊。

正聊著，一聲悠然的簫聲，越水而來。

湖不甚大，兩岸可見人影。月半殘猶亮，那個少年道士佇立在岸邊，玉樹臨風般，依著簫，抑揚頓挫。

清風月影，拂動他的衣襬。簫聲悠遠，宛如嘆息。所有的人都沒了聲音，只能痴痴的聽，痴痴的看。

像是這一刻已經深深的銘刻在心底。

事實上已經銘刻到魂魄去了吧？過了如此幸福的半生，孩子都這麼大了。唐媽媽在心底的一個小小角落，還緊緊收藏著簫聲和那道青影。

一段少年時極度純淨美好的記憶。

這樣清晰，一點雜訊都沒有。

「這簫聲害了我和鳳音呢。」唐媽媽甜甜的嘆了一聲。「我都二年級了，還惡補得要死要活的去轉音樂系。鳳音也扔了企管，跑去念音樂。他這個可惡的人，坑害我們坑害得緊呢……」

呵。

世伯啊……你造的孽還真不少哩。

唐媽媽還說了世伯幾件小事，讓我不禁噗嗤。

世伯這樣穿著長衫在校園扮五四青年，有些教授很看不順眼。那時代又講究科學破除迷信，班上居然有個裝神弄鬼的道士，更是如芒在背。

有回某個教文學概論的教授就斥責世伯，要他穿正式一點來。世伯的確穿得非常正式的來學校……但教授氣得差點中風。頭戴綸巾，身穿褂袍，法衣花衣，一件不缺。足踏雲履，手執拂塵。只差個壇，就可以上去做法事了。

「……你這什麼樣子?!你以為你在演電視劇？」教授罵了。

世伯泰然自若，一揚拂塵。「道書援神契有云：『後世孔子徒之服，隨國俗變。老子徒之服，不隨俗移。』」他摩挲下巴，「想來用講的不容易懂吧，我也用典太僻。」

他施施然走上講台，在黑板上蒼勁有力的寫下這些，對著教授稽首，又回到座位去了。

唐媽媽笑出淚花，「妳看看這個人！教授被他氣死了，又沒話好回。後來就沒人跟他囉唆衣服的事情了。」

我也笑了。原來少年時的世伯，這樣瀟灑不羈。怪道大阿姨又恨又愛的說他是「萬人迷」。

後來唐媽媽給我封信，說早上才收到的。

除了世伯，誰會寫信給我？我認識的死人比活人多，而死人不寫信的。

但這封信的內容，卻讓我不斷發笑。

這次不講儀式和禁忌了，他跟我講究道教的源起。他特別提到晉代葛洪，這個劃時代的人物和他寫的《抱朴子》以及〈抱朴子內篇〉。我要說，世伯的文筆真是好，「房中術」這麼尷尬的修煉法門，還可以解釋得這麼清爽，引經據典，妙筆生花，實在很厲害。

他還解釋為什麼之後廢棄不用，實在是太容易「興淫祀、縱聲色」，和房中術講究的「務求節欲、以廣長生」相違背，才加入戒律之中。

……這算是世伯的辯白書吧？

「他就直接講，他被迷得神魂顛倒，所以破戒了，說那麼多幹嘛？」赴宴歸來的荒厄，身上還有淡淡酒香。

「什麼破戒，不要胡說。」我搡她，「世伯他們法門只是嚴謹，又不是禁絕了。」

「哈！好個掩耳盜鈴的牛鼻子！」荒厄嗤笑。

「不准妳這麼跟他說！」我嚷起來了，「下回他來看我，小心妳的嘴！給世伯留點面子好唄？」

「他是我的誰，我得替他留面子？好不容易讓我抓到個短……」

好啊……妳跟我強嘴。誰的短在手底多些還不知道呢。

「荒厄。」我盡力擠出一滴眼淚，「算我求妳……難道……」

沒等我說完話，她已經衝出窗外，還把玻璃撞裂了。這下子，我該怎麼跟唐媽媽說呢……

這個絕招是有後遺症的。

不過我們要出發的時候，我硬去把玉錚拖了來，拜託唐爸爸幫我們照張相片。

對啦，他們倆很尷尬，現在也都用數位相機了，沒人時興弄什麼相簿。

但我想留下這一刻。這個吵鬧破病又笑又哭的暑假。

和我從來沒想過可以有的「朋友」。

＊　＊　＊

只是那張照片變成靈異照片，搶著入鏡的不只有荒厄，還有趙爺和路過的神鬼。是說我珍貴的回憶就非摻雜這些不可嗎……？

揉了揉眉間，我試著振作起來。

我一定會平安活過三年級的。加油加油加油。

「活是活得過啦，平安就……」荒厄凝重的搖搖頭。

我很想把她掐死。

之四 仁王

我們剛下火車站的時候，引起一陣轟動。幸好是白天，這又是個不大的站。但乘客有人低問，是不是有熱鬧或哪邊作醮。

鑼鼓喧天中，我們的「金翅鵬王齊天娘娘」翹著尾巴，鼻孔朝天，大搖大擺的下了火車，在凡人瞧不見的月台上，讓地方角頭神佛和妖怪，或友禮，或長輩禮，簇簇擁擁而去。

只轉頭很拽的說，「回去把門關好，別等門了。」就得意洋洋的走了。

「是是是。」我在她背影後面低頭，「恭送娘娘。」

唐晨笑得岔氣。經北妖一役，他的神威微啟，不具任何攻擊能力，但對裡世界更近了一點。雖然還聽不太見，身影可就清晰多了，在我身邊就更清楚。

被他笑得有點臉紅，摸摸鼻子。「難得她這麼風光，我這做宿主的別的沒有，難道還不照顧一下她的面子？」

「也是，她辛苦得連命都差點丟了。」唐晨幫我扛行李，「她還需要捐血嗎？我再捐點給她。」

我倒是謝絕了。荒厄需要就會開口，但她不要，一定有她的考量。或許怕上癮，或許境界也要一層層修上去，誰知道呢？我對妖怪的修煉可不清楚。

雖然這隻「金翅鵬王齊天娘娘」的狡智和舌頭比神通高太多了，但她好逢承，地域性又強。大伙兒愛誤會就去誤會好了，被捧幾下她就暈陶陶的，不記得自己是誰了。少了多少衝突血光，不挺好？

唐晨是她出頭罩的，大妖小怪不免忌憚，我也省心很多。

最重要的是，她開心快樂。

跟我這麼久，她頭回這麼風光，舒心又快意。她老為了是我的式神悶悶不樂，覺得被人看小。現在我一低頭，大家就會覺得她這麼厲害，降伏了自己主人，更崇拜幾分。

我跟唐晨解釋，他一路笑。「妳們打打鬧鬧，其實妳疼著荒厄，荒厄還挺愛妳的。」

「你可別這麼跟她說，瞧她吐給你看。」我笑著走入朔的咖啡廳。

一走進去，大大的吸了口氣。這世界上我最喜歡的，還是這個地方。充滿森林氣息的「家」。

「朔！」我衝到櫃台，爬上高椅。

朔撐著腮，笑笑著看著我，既沒有不高興，也沒特別高興。但我喜歡這樣。

「我把行李扛上去。」唐晨跟朔打招呼，「妳們好久沒見，先聊聊，我忙去了。」

「這孩子還是這麼貼心。」朔沖著花草茶，「該了結的，都了結了嗎？」

我就知道。這該死的巫婆什麼都知道，才硬把我趕上台北。「了結了。」

她推了杯茶給我，自己斟了另一杯。「還想北上度暑假嗎？」

這話問得我一怔。還想去嗎？讓那些良善的人們環繞，過著普通少女般的生活？

「……一個暑假就夠了。」我喝著花草茶。

她瞅著我，我也平靜的望著她。

那種生活真的很有吸引力。唐家爸媽就是我心目中該有的爸媽，那種家庭生活是我夢寐以求的。

但終究不是我的。

我不可能嫁給唐晨，將來他若有了伴侶，唐家爸媽和我感情又培養的早，讓唐晨未來的太太怎麼辦呢？將來難以割捨的，必定是我。由儉入奢易，由奢返儉難。我會更捱不住清苦，反而生怨妒。

這對荒厄的影響太不好了。不止唐晨是我的責任，荒厄更是我的責任。

朔撐著臉看我，情緒深染，不用什麼語言。「喜聚但畏散，嗯？也罷，不這樣就不像彆扭的妳了。」她用種閒聊的語氣，「肅柏要我寒暑假過去小住的時候，順便把妳帶去。他新添了一個小小產業，離他家沒三步路。」

我張大了眼睛。世伯的意思是……是……？

「『自己家的孩子，不能年年去打擾唐家。』」她複述著世伯的口信，「但他又不好意思對妳說，要我跟妳說了。他呀……可是很疼妳的，又很介意妳的看法。我這麼去住一陣子，不怕別人說，卻怕妳心底不自在。」

我才感動得熱淚盈眶，朔又讓我面紅耳赤。「這……這……你們、你們都是大人了，我、我們小孩子能有什麼看法？」

她用種有趣的神情看著我，讓我非常不自在，別開頭，期期艾艾的問，「妳、你們……相處得還、還好吧？」

「我們相處的很『和諧』。」她又幫我斟了杯花草茶。

還好朔還知道「含蓄」怎麼寫。我低頭喝茶掩飾臉紅。

「肅柏的房中術研究，頗入精髓呢。」她泰然自若的說。

我又噴了一櫃台的花草茶，險些把自己嗆死。

我咳得驚天動地，朔笑笑的擦了櫃台。「想說妳去台北一趟，眼神都成熟起來，怎麼又這麼孩子氣？」

咳得連話都說不出來，只能指著朔。

「這有什麼不能講的？教學相長，還是得靠身體力行呀。」她無辜的眨著眼睛。

「……朔！」我好不容易喘過氣來。

「陰陽調和才是大道運行的根本，我們不過是服膺大道之行。妳呀，也早點體會這件事情吧……」

我哇哇大叫，「我不要體會這種事情！」吼完我真的覺得很疲倦。為什麼我身邊的女性都是這樣我行我素、恣意妄為，不懂含蓄怎麼寫的人物啊?!

「這樣兒還薰陶不了妳，我們才悲哀呢。」荒厄一陣風似的颳進來，「明明那麼小就開始教育妳……」

不就拜妳良好的「負面教材」所賜嗎?!

「大顯神威呀，娘娘！」朔撐著臉笑。

荒厄得意的笑了兩聲，「巫婆，二十五姑娘想宴請妳們家那隻黑貓，又不敢上門開口。給不給請啊？」

朔睜圓眼睛，「為什麼不敢呢？我一直都是很歡迎的呀。但請的是關海法，妳得先問問她。」

「死貓！」荒厄現在可是很神氣了，「去不去？她們慕妳的名很久了哪！」

關海法搖著尾巴，像是在考慮。不一會兒，她伸了個懶腰，點點頭。荒厄飛得那麼快，她散步似的悠閒，卻也一下子就不見蹤影。

「真是不錯的貓。」朔笑彎了眼睛。

……關海法真的是貓嗎？

「當然是貓啦。」朔咯咯笑，「不然還會是什麼？」

我知道她是貓……從裡到外。她甚至不是妖怪，是妖怪我還能解釋。但她就是一隻真正的貓，所以才不能解釋啊～

「妳抓到重點了唷。」朔對我眨眨眼睛。

……我抓到什麼重點啊?!

聊了很晚，我撐不住要去睡了，悶了一晚，我還是硬著頭皮問了，「……那麼，你們幾時結婚？」

我第一次看到朔大笑成這樣，像是我說了什麼最好笑的笑話。「朔！」

「孩子，親愛的孩子。」她揩了揩眼淚，「肅柏是出家人，我是棄家人。我們各事其道，但我也承認萬道歸一。陰陽調和，並不代表就得拋棄我們各自追求的道。我們就是伙伴，尋求道之真意而並肩同行。」

她又爆笑起來，「妳怎麼年紀輕輕卻這麼傳統！」

被她笑得連頭都抬不起來。垂頭喪氣的道了晚安，我黯淡的要上樓。

「林間薰風，」她喊住我，「妳知道肅柏何以接受我嗎？」

我回頭，「……因為朔很迷人呀！」

「呵呵！」她掩嘴，「當然也是緣故之一。但肅柏時值壯年，迷人的女人成千上萬，怎麼堅持到現在。更何況，他極幼就嚐遍情欲。」

我張大眼睛，覺得腦門嗡嗡叫。「這、這似乎，似乎不該跟我說吧？」

「他是很想跟妳解釋，但又不好意思。」她眨眨眼睛，「被女兒誤會總是心底不太好受。他之所以接受我，是因為我們同是棄家人，無須在我的人生種下『不幸』的因果。」

我的臉漲得通紅，思緒像是異常的清晰，但又異常紛亂。百感交集，但又不知道怎麼開口。

世伯又不是我或唐晨那種無欲的人，他少年就受戒出家，但也不是死守戒律的出家人。我知道為了情欲世人多受煎熬，雖然不能體會那種苦楚。

他是為了不加諸因果在別的女人身上，才自我克制，並不是為了死板的戒律。

有點想哭，也有點想笑。他不用跟我解釋的，朔也不用跟我解釋。

「……才不是因為這樣而已。」我擦掉眼角的淚，「是因為朔迷人到讓偉男子都無法抗拒。」

「嘖嘖，」朔笑得很開懷，「我覺得被恭維到了。」

後來唐晨一直問我跟朔聊了什麼，我只能含糊過去。這種事情我怎麼好意思跟他講？被逼急了，我說，「……你、你直接問伯伯好了。」

我想他再鈍也知道朔去世伯那兒小住不光是談經論玄，這件事情，我們倆不約而同的瞞著唐家爸媽。

他紅著臉，想笑又不敢笑。「朔是提了……伯伯十二歲就讓他爸爸帶去……那個、那個酒家的事情嗎？」

我猜我的臉已經漲成豬肝色了。原來朔已經很含蓄了，真的「極幼」。

家庭教育真的很重要，幸好之後世伯出淤泥而不染。

靜默了一會兒，我們很有默契的把這話題拋開，商量選課和雜項。

剛開學，一片慌亂。我的事情還比別人多，忙得團團轉。

雖說不是初二、十六，我還是得先去老大爺那兒打個招呼。長長一個暑假沒瞧見祂，真的很想念。遠遠看到祂，我就激動的大喊，「老大爺！」

祂站起來，「ㄚ頭！」明明是笑著的，硬把臉板起來，「妳這ㄚ頭啊！怎麼縱容那死鳥這麼囂張，不知道要低調嗎？所謂齊家、治國、平天下，妳連家裡一隻鳥都管不好！是能做什麼，妳呀妳呀……對大樹公有沒有失禮？祂是土生土長的靈，年紀還比我大呢！妳若失禮就是丟了我面子……」滔滔不絕，連換氣都省了。

我的笑容僵在臉上，趕緊低頭唯唯稱是，邊倒據說很好喝的葡萄酒。

「身子骨還是差得很。」老大爺咕噥，「就說不是妳相公了，拚成這樣。」

我陪笑臉，「老大爺，您嚐嚐。聽說是什麼得獎的酒，我也喝不出來。」

祂喝了酒，卻開始嘆氣。

「……老大爺，謝您寫那麼多信。」我小小聲的說。

祂的臉紅了，我發誓不是喝酒的緣故。「開學很閒是吧？杵在這裡做什麼!?滾滾滾！」就把我轟出去。

……我聽說只有少女會傲嬌的。

才離了土地公祠，我又被校長請了去。不管我怎麼力陳身體差，他還是眼淚汪汪的求我辛苦到十一月。說到時就有專業人士願意來接班了，還給了我一個小辦公室。

人家是校長，我是誰？校長都這麼求了，我也不能說不要。

經過這麼慘烈的暑假，我的身體真的不行了。若不是大樹公好心，分了點生氣給我，恐怕現在還在病呢。所以這學期我少修了很多課，決定先把身體養起來再說。

相反的，唐晨選到滿堂，每天非常忙碌，我們也就不再像之前那麼形影不離。荒厄呢，還在被請得團團轉，而且努力開拓勢力範圍。我們三個反而分頭忙自己的事情，不像之前那樣黏成一堆了。

但我也不是之前那個怕孤獨，又裝著不怕的人了。

不過開學沒多久，唐晨的機車寄來了。

我一看到就把手上的書都給摔了，腦門一陣陣發暈。唐晨當然是樂翻了，他說為了說服他媽媽，花了好多時間。

那部金剛經哈雷修好了，上面的經文又重新烤漆完全，後面的LED燈還有六字明王咒。而且散發無人可敵的強烈氣勢，不知道唐晨那個修習佛法的二叔叔又加了什麼東西。

「以後我可以載妳上學啦！」唐晨很開心。

但我很不開心！「……我、我自己騎車上學。」我終於知道什麼叫心膽俱裂，「晚上我還要打工，所以……」

「我等妳一起回家呀。」他笑得純潔無邪，讓人無法抗拒。「我會騎很慢的。」

因為他的笑容，我答應了……但很快就後悔。

他的「騎很慢」，是上坡騎不過百就是「很慢」。下坡？下坡我尖叫都來不及了，哪有那個勇氣看時速表？

但他這部氣勢十足的金剛經哈雷，的確沒再出任何車禍……但殃及不少無辜。

老大爺怒氣沖天的把我叫去罵，墳山周圍道路的妖怪鬼魂憤怒的控訴，唐晨經過的「罡風」讓他們出了遙遠的「車禍」。

「距離丈餘的『車禍』為什麼是我們負責?!」我叫了。

「那就不要騎那輛霸道的車！」老大爺也火了。

百般無奈下，我又拿出那個最笨的方法：在車上掛鈴鐺。

「蘅芷，」唐晨噗嗤笑出來，「原來妳也有這麼可愛的一面啊？」

我疲勞的不知道該說什麼才好。

校長真的很巴結，分了一間小辦公室給我。你聽說過工讀生還有自己的辦公室的嗎？

但那間「辦公室」，讓我思考校長真正的意思是什麼。

那是原本的運動器材室。對的，就是我的白目同學在這兒玩碟仙，請到老魔這個大角色的那個運動器材室。

若是以前的我，大概是能跑多遠就跑多遠，現在已經鍛鍊成鋼，面不改色的走進去，還能在裡面寫功課、念書，睡午覺。

老魔鎮壓在這裡，哪個不長眼的原居民敢來？方圓百尺內，乾乾淨淨，連蟑螂都沒一隻。安靜得很，冬暖夏涼。

校長還添購了一個舒服的沙發，在上面睡午覺超級安靜的。

剛開始，老魔是很不樂意的，威脅利誘，非常煩。但我在裡頭放了三四天的「金剛經」和「往生咒」，他就討饒了。

威脅利誘這套，我跟荒厄學得更道地，想跟我鬥？您老還是轉世投胎修煉修煉，設法跟上時代吧。

之後我供奉給他曬過月亮的水，他反而被我嚇得不知如何是好。

「我沒下毒啦！」蹲在地上，我望著埋得很深很深的老魔。

他遲疑的喝了水，長嘆一聲。「鬮到今天，衰殘殆死，也不過想看看清風明月，朝陽露水……就不能容老頭子一點嗎？」

「您老唬別人還成，唬我就不對了。」我支著頤，「您喜好黑暗潮溼，什麼時候轉性要看太陽啦？」

他一時語塞，悶悶低頭喝水。「……老傢伙的巫女，真討人厭。活該妳一世無夫，又無子嗣。」

「魔老先生，這兒住著有什麼不好？」我勸他，「老大爺不是不能容人的……現在外面的鬼鬼怪怪又凶狠，不知道尊重長上的。離了這兒，又有什麼地方好去呢？我還在學校，日薦一杯月水，一只石榴，如何？滋味和血肉也不相差很多。等我畢業獨立，也讓鬼使每天送食來與你度口，同你消遣。聽老大爺說，您也著實風光過，也讓年輕人一些，好生養老，哪裡不好呢？」

「讓妳說得好似我不知好歹似的。」他抱怨。但日後的確就安靜了。

老大爺是沒阻我，但還是發牢騷，「鬼神之事，妳插手那麼多做什麼？」

「又不是不認識，相逢就是有緣嘛。」我回祂。

天下那麼多事，的確是管不完。但有了緣分，就稍微管一下。一杯月水，一只石榴又不費事，產期過了，還有石榴汁可以供。這樣簡單的事情，卻讓他安靜，學校平安，不挺好？

唯一的後遺症是，我和老魔聊天的時候，我二年級的直屬學弟帶著一年級的學弟來找我，這兩個略有靈感的學弟卻慘叫一聲，跑得跟飛一樣，再也沒見到他們來了。

抓了抓頭，當我的學弟，還真不是什麼好事。

＊　＊　＊

開學沒多久，就有人投訴男生宿舍有問題。說有非常濃重的臭味，而且與日俱增。還有人說有毛皮擦過小腿的感覺，沒多久就鬧得人心惶惶。

但我去巡視幾次，都沒看到什麼。問原居民，他們一起把頭搖得像是波浪鼓

（還有人把腦袋搖掉了）說什麼事情也沒有。

我只能歸類到「疑神疑鬼」。

但像是唐晨的倒楣轉換到某個一年級新生身上，卻沒有那種逢凶化吉、遇難呈祥的本事，三天兩頭的住院……雖然都算不上什麼危急性命的大傷。

我去探視，那個新生卻嚇得渾身發抖，連話都說不清楚。但我覺得他好生面善……

不就是我那個一年級的直屬學弟嗎？他叫做……哦，他叫做李耀聲。

但他……雖然我不是什麼算命大師，也看得出來他氣勢衰頹，生氣枯竭。這不是什麼作祟，而是他命數該終。

完了。讓老大爺知道，不把我罵死才怪。但我扛一個唐晨就夠累了，總不能扛到學弟吧？

為了不讓他發心臟病，我離開了病房。一絲非常微弱的屍臭味一閃而逝，我卻沒看到什麼。

這是醫院嘛。我跟自己說。只是心底覺得有點怪怪的。

滿懷心事的跟老大爺提，但老大爺問明了名字，卻堅決的不要我去管。「他命短是他家的事情，妳管他？不准管！」

我驚愕的看老大爺，他卻暴躁的把我轟出去。

我很納悶，但申訴越來越多，就算打工也是有責任的，我更勤於巡邏，尤其是男生宿舍，奇怪的是，原居民亦步亦趨的跟著。

「你們跟著我做什麼？」我問。

「保、保護妳的安全啊！」「沒錯沒錯！」「月黑風高，難保那些血氣方剛的男生做出什麼苟且之事！」「是呀是呀……」

幾時又這麼照顧我了？再說，哪個不想活的傢伙敢對靈異少女林默娘下手？

「我要叫荒厄來逼供囉！」我威脅他們。

明明嚇得發抖，他們卻很堅決的搖頭說就是這樣而已。

我更納悶了，把在外瘋的荒厄喚回來，請她明察暗訪。但她讓原居民簇擁著去老大爺那兒喝了一夜的酒，回來打著酒嗝，說啥事都沒有。

「你們是什麼事情瞞著我？」我狐疑的想探問，她卻築起有史以來最堅硬的城牆讓我撞個半死。

「就說沒事了。」然後逃之夭夭。

他們大伙兒瞞著我什麼呢？但若老大爺也有份的話，應該不是什麼大事吧？悶悶的，我放棄了。但校長卻把我叫去，十萬火急的。

我們校醫和一個先生都凝重的看著病歷，校長跟我介紹，那位先生是山下醫院皮膚科主任。

主任先生說，我們學校的男學生許多人去求醫，結果卻很令人驚愕。

他擦了擦汗，「這實在是……很奇怪。這算是一種皮膚病，但只有長期接觸腐爛屍體的人才會有。」他沉吟片刻，「不太科學……但老一輩的人說這是屍毒。」

我們學校沒有醫學系呀？更不要提什麼屍體。

我拿病歷看了看，是看不懂，但這些人的名字我都看熟了。來申訴的學生就是這些，都住在男生宿舍。

「林默娘同學……我是說，林蘅芷同學。」校長哀求，「妳想想辦法吧！這事情若傳出去……」

「……我盡量。」

這邊的事情還沒鬧清，我又撞見唐晨一大清早的提了一袋血肉模糊的東西回來。

「……這是什麼？」我皺緊眉。

「生雞肝呀！」他平靜的回答。

「……你要吃？」我更不解了。唐晨雖然沒持素，但吃得清淡，更不要提吃動物內臟。

「給貓吃的。」他笑。

「關海法只吃貓食呀！」

「不是關海法吃的。」他把那袋雞肝密密包好，發動機車，「咱們學校來了隻野貓。等妳巡邏回家的時候，牠常來找我玩。」

「我怎麼沒看到過？」

「牠很怕妳。」唐晨大笑，「我也不知道為什麼那麼怕，也說不定是怕荒厄。」

我突然覺得很哀傷。荒厄整天在外瘋，最近更是跑得不見人影。說來說去，那隻貓是怕我……的妖氣。

連野生動物都怕我，我這個身為人的立場……

「早就沒什麼人的立場了。」荒厄不知道幾時冒出來，大聲嘲笑，「妖怪的立場倒是滿堅定的。」

我想揍她，唐晨抱住我，又笑又勸的上了機車。

不是因為他勸我，而是他這麼一抱，我的蕁麻疹長到臉上去了。

他忍了忍，「對不起。」但也沒忍多久，就放聲大笑。

……我交這個生死至交是交來作什麼的呢？好讓我生蕁麻疹？我的頭真疼得厲

害。

我還是沒找出事情的真相。

但我那個直屬學弟，屍毒卻比任何人都嚴重，整個人都花了。而且發生了好幾次的意外，成天跑醫院。

我真的不能坐視不管了，所有的人都瞞著我，讓我又急又悶。我急得這樣，老魔看不過去，要我去拿件學弟的事物給他瞧瞧。

我跟學弟借了本書，老魔嗅了嗅，「這小子早死了，實歲十九，活不到二十，這是命裡註定的。」

「他可還活蹦亂跳的呢！」我沒好氣，「只是常常出意外而已。」

「出意外？這可不對啦！」老魔抓抓頭，「不可能。這種命格是一點傷病都沒有，一睡而終的。有了傷病就……」他仰頭想了起來，又搖了搖頭，「不可能、不可能，我再聞聞……」

他又發呆了很久，「……小丫頭，妳考倒老夫了。」

「我猜，有種死掉的東西在他身邊轉。」我思考了一會兒說，「老魔先生，我不能看這孩子死掉，非把那東西抓出來不可。但大夥兒都瞞著我，您能不能有什麼辦法？」

「我關在這兒，能有什麼辦法？」老魔咕噥著，「……人間的辦法是有，妳試試看好了。」

他的方法很奇怪，也很簡單。但內容我就不想詳述了。總之，是個對死物來說香噴噴的陷阱。老魔還傳了一道黑符（我邊畫他邊罵，說那是什麼鬼畫符……），讓我隱蔽行蹤和氣息。

我叫唐晨先回家，又在樓梯間將陷阱設好，將黑符放在懷裡，屏息靜氣的等待「獵物」。

等到午夜，我看到牠了。

那是一隻，很可怕的貓。皮肉破敗腐爛，肋骨都露出來。但心臟還在一鼓一鼓的在露出來的肋骨底下跳。臉孔爛得只剩下一點點皮肉，牙齦外露，耳朵都沒了一隻。

牠警戒的四下張望，嗅了嗅空氣，小心翼翼的接近陷阱裡的生雞肝。一咬下去，牠發出一聲慘嚎，被陷阱的咒束縛住了。

還在腐爛眼眶的眼睛轉向我，露出凶殘的精光。心頭一緊，我撕掉黑符，拉滿彈弓……

一道黑影突然出現，擋在牠前面，發出絲絲的恐嚇聲。

……關海法？

這麼一遲疑，樓梯間馬上被塞得滿滿的，原住民摟手拉臂，髮撕頭撞，大夥兒鬧起來，齊齊哀求我饒牠一命。

……這是怎麼回事呀？

我還在發愣，唐晨氣喘吁吁的跑過來，擋著我，「蘅芷不要！牠是挺乖的貓，千萬不要啊～」

「你……」我張目結舌，指著那隻殭屍貓，「牠……這就是你每天餵的……野貓?!」

我說你會不會太世界大同呀?!

「是看起來有點可怕啦，」唐晨急著叫，「但牠真的很乖、又有禮貌。雖然我不知道牠逗留在這兒有什麼緣故……但一定是有什麼心願的。我從來沒聽過牠說話，但牠剛剛絕望的跟我道別……」

這下子，我真的生氣了。

「來個人跟我說清楚！」我吼起來，「荒厄回來！」

我才不管她在赴什麼宴會，為什麼每個人都要瞞我?!

結果這起死傢伙（他們的確是死人……），你看我我看你，連荒厄都把頭別開，沒個人講話。

結果一個挺漂亮的姑娘排眾而出，拭著淚，「都統領巫且勿發怒，請聽小神上告。」

我是認得她，她是咱們學校的地基主，嫻靜寡言的。她這麼一說，害我也尷尬起來，趕緊回禮，然後撤掉陷阱。

那隻殭屍貓狼狽的爬起來，蹲在一旁。

「……仁王，當初就跟你說過，跟我一起來這兒，你就不聽。」地基主哭起來。

殭屍貓居然垂淚，開口說，「慈娘，我自格兒要選這條路的。都統領巫且饒我，請聽我上告。」

墳山的另一頭，原是木業興盛之地，曾經非常繁華熱鬧，聚集好幾萬人口。當地的土地頗有靈驗，香火鼎盛，當時仁王是祂案下虎爺。

古來有認虎爺當契子的禮俗，當時祂名下不少契子。

但日後木業蕭條，居民漸漸搬離，土地爺讓人請走了，卻沒遷移到虎爺。

當時村子還有五六戶人家靠山吃山，雖然土地爺走了，但虎爺還在，逢年過節，還是持禮虔敬，這位名為仁王的虎爺，也盡足了自己的力量，讓地方安靜順利。只是漸漸不流行拜契父的禮俗，祂也就沒有契子了。

但時代變遷，這五六戶人家也還是搬走了，只剩下一戶守山員。那個守山員生了個孩子，卻向晚就開始哭到深夜。夫婦束手無策，鄰村的老奶奶跟他們講，這是「哭暗烏」，讓他們抱著孩子去認虎爺當契子。

隔了許多許多年，仁王又有了一個契子了。

「那孩子眼淨，看得明，不免遭驚嚇。」仁王哭著說，「我收過成千上萬的契子，這孩子……恐怕是我最後一個，難免破格偏憐了些……」

孩子，看得到祂。話還說不清呢，就會喊虎爸。原本以為可以看著他長大……但外地人造路，一看沒有土地公，就把祠毀了，連祂的金身都不存。

「那孩子……那孩子……」仁王哭出兩行血淚，「那孩子大哭大叫的衝到怪手那兒，一面喊著虎爸虎爸……真不知死，危險呢。五六歲大的孩子，讓人怎麼放得下……」

毀了金身，他只剩下一縷精魄。但當天契子就發起高燒，嘴裡就是嚷著祂。開了道路，就歸別人管了。老大爺聽說了這事，請他們去那兒存身，慈娘也勸祂，但祂就是放不下那稚嫩的呼喊。

「沒了金身，你能做什麼呢？」慈娘愁眉說。

但那孩子快驚風死了。祂一咬牙，「管顧不得那麼多了，慈娘，妳去吧。最少我還可以看顧他長大……」

祂當晚就奪舍到一隻出生不久的小虎貓身上，不管大人怎麼罵、怎麼趕，都躲在床下替契子趕走邪祟，差點餓死。大人這才心軟，又看祂來了孩子就退燒，這才養下來。

我聽得全身發冷。祂居然放棄神格寄生到畜生道！就為了一個人類病兒。

「我自個兒選的，算什麼？」祂短短的笑了一下，「神明啊，壽命也不是無窮無盡的。我的壽算也差不多了……而且我又不是什麼高尚的神格。這是我最後一個契子了……也不過是早些時候死。但貓的一生實在太短，我終於一病而亡。」

祂又哭了起來，血淚闌珊，「這孩子才剛上大學呀，都統領巫。怎麼能夠不活過二十呢？所以我才苟且偷生，從墳裡爬出來，用這樣羞恥的模樣出現。傷這孩子我比誰都疼，但我沒辦法呀。災厄自有定數，我只能把大厄化整為零，成為小災。求您饒了我吧！明天他過了最後一災，就可以活下來了。求妳可憐我這片苦意吧！」

他放聲大哭，原居民同聲悲泣，荒厄早就飛遠了，躲在角落，肩膀不斷顫抖。

眾生有情，我們拿什麼回報他們？我們人類……拿什麼回報他們？

我的眼淚不斷的滾下來，連應該聽不見的唐晨都哭了。我想，他是被深染了吧……

「……你們把我想得太不堪！」我氣極了，「我若知道這種事情，怎麼可能撒手不管……」

仁王泣訴，「老土地容我在此，就是說好不讓妳知道。正因為妳不會撒手不管……妳連罪貫滿盈的老魔都憐憫，是絕對不會撒手的……」

話還沒說完，祂就撲到我身上，然後跳到唐晨身上。

我只覺得腦筋一片空白，意識漸漸遠去。

「容我無禮……」祂低了低頭，就轉身出去。我想叫住祂，卻已經昏了過去。

* * *

我和唐晨一大早就被發現，但昏到下午才醒。

醒來頭昏腦脹，我跌跌撞撞的跑出去，抓著護士猛搖，「我學弟呢？我是說……李耀聲？」

她被我嚇個半死，卻被醒過來也抓著她猛問的唐晨嚇得更嗆。

還是來探病的同學跟我們講，學弟又出車禍了，但這次意外的只有擦傷，只是受了不少驚嚇，神智不清的又哭又喊，剛剛打了鎮靜劑睡著了。

「他一直喊著虎霸虎霸，要人去救。」同學搔頭，「我們學校有人叫虎霸嗎？」

「他是一個人下山的吧？」

唐晨和我相視一眼，問明了出事地點，不管護士的叫喊，一起衝了出去。

出事地點在一個十字路口，現場已經清理過了。但有灘烏黑的血跡。

我也不知道我在找什麼……但我知道一定要找到。

「這裡！」唐晨跑到路邊的草叢叫。

我趕到他身邊，眼淚奪眶而出。仁王的貓身支離破碎，已經開始僵硬。

人類、人類……究竟要用什麼來回報這種有情？

那隻死貓微微彎了嘴角，湧起一片金色的霧氣，非常稀薄。

我終於真正的見到仁王。

那是一隻金色的大老虎，斑紋粲然。額頭的花紋成一個「王」字。委屈祂在貓身苦捱這麼多年。

祂向我低頭，仰天發出一聲喜悅的長嘯，就漸漸消失了。

不不不！我想替你做一些什麼，最少讓我做一些什麼啊！

我什麼都不能做，但唐晨卻伸出手。「有很多人掛念你呢，仁王。來吧……」他居然徒手抓住金色的霧氣，漸漸縮小，成了他掌心一個金珠子。

「你也想看契子平安的大學畢業，娶妻生子吧……」唐晨慈愛的對那金珠子說，「所以，還沒有了呢。」

他的神情和悲憫，害我差點跪下來。

後來我讓唐晨載著，越過我們學校，到另一邊的山去。找了兩天，才打聽到仁王以前所在的祠。

但村子早就廢了，只有一條平坦寬闊的道路。

唐晨卻再次嚇到了我，他從齊腰草叢找到一個破片，看那虎紋應該是仁王金身的一部分。

我拿著碎片，唐晨取出放在熱水瓶裡的金珠子，跟碎片融在一起。

之後世伯應唐晨所求寄來了一個陶瓷燒出來的虎爺像，還沒有開眼。唐晨親手將碎片放在神像裡，並且畫上栩栩如生的眼睛。

於是仁王抬頭看著我們。

這一刻，我哭得非常厲害。眾生有情，而身為人類的我們能夠用這種無用的能力回報，真的是太好了。

我哭得這樣厲害，連唐晨抱住我都沒時間想到起蕁麻疹。

＊　＊　＊

但我捧著仁王去塞到老大爺案下時……被罵得狗血淋頭。

仁王奪舍基本上就是一條罪，干涉人的壽命更是罪不可赦。但是唐晨出手救了，老大爺不能對他發脾氣，只好把氣出在我頭上。

我只能低頭稱是，然後放上花了我一個月打工費的昂貴香檳。

「妳算算妳多少鬼使敗神！我是犯了什麼災星讓妳這樣添人口和添亂子？妳說啊妳?!」

我搔了搔臉頰，「……緣分？」

「我跟妳只有孽緣有什麼緣分妳說！……」祂罵到口水噴星。

罵是這樣罵，但仁王要走，老大爺更暴跳如雷的吼了好一陣子，不准祂走。

我說我們這個傲嬌的老大爺……

唐晨做事都難免帶點尾巴，我是了解。但他這個前任貶神（還是天魔？）親手開光的虎爺，難免又更……你知道的。

所以傳說我們學校有隻大老虎出沒，還把一個外面來的小偷嚇得尿褲子。

至於我那個學弟嘛……我想他小時候的淨眼，現在早就沒有了吧，只剩下一點感應。但有回我去上供，看到他痴痴的望著案下的虎爺，脫口而出，「……虎爸。」

後來初二、十六都會遇到他，他總是有點不好意思，有點害怕，但都虔誠的朝著案下燒香。

仁王很高興，卻也尷尬。「……長官，孩兒不懂事，不知道要跟您先打招呼。」

「我可不知道喔。」老大爺偷偷擦眼淚，還裝得一本正經，「他來跟契爹講話，關我什麼事情。」

搔了搔臉頰，我趕緊拜一拜走人。

肩上一緊，荒厄總算知道回家，唧唧聒聒各路神明、大妖小怪的八卦。我是很高興看到她，但實在聒噪得受不了。

「荒厄。」我說，「那天仁王說祂的故事時……妳哭了是吧？」

她全身的毛髮都豎起來，講話也結巴了。「我、我我我……我哪、哪有！妳胡說八道！」她又怒又急得搧了我一翅。

沒理她搧翅，我抓著她獰笑，「原來荒厄也會感動哩，我們家的娘娘真是心腸越發軟啦～」

「妳妳妳……沒有！才沒有！」她又羞又氣，乾脆滾地撒潑，「說沒有就沒有，哇呀呀，偏妳賊眼亂瞄！誰哭啦！沒有沒有沒有沒有～」

我大笑起來，俯身抱起那隻同樣傲嬌，也會掉眼淚的鳥王。

眾生有情，願我也能相等回報。

之五 代言

時序漸漸推進到十月末。

最近天氣真的有點詭異，通常都是大晴天，下場雨就冷得要命。咱們學校號稱刷新最高學府海拔，一大清早就有雲在穿堂飄，同學都會互相打趣「朝穿皮襖午穿紗」，讓這秋雨洗一洗變化就更劇烈了。

對的，我又著涼了。這次沒咳嗽，但我把鼻子擤到脫皮了。唐晨隨身都會帶溼紙巾，看我又用面紙眼淚汪汪的擤鼻涕，就會勸我改用溼紙巾。

「很貴。」我齉聲齉氣的說。

「但妳脫皮了。」他一臉哀戚的遞上綿羊油。「打工別做了吧？」

我吸了吸鼻子，「下禮拜一就有專業人士來接班了。也就巡邏今天晚上而已。」

「那今晚我陪妳巡邏吧。」他很堅決。

我無力的看他一眼，知道他犯了牛脾氣。我很不會跟人吵架，何況是唐晨。反正最後一天了。

於是我最後一天的打工，聲勢浩大。宴來宴去，荒厄終於膩了，她站在我左肩，唐晨在我右邊，後面是依戀唐晨生氣的原居民大隊。稍微有點靈感的同學望風而逃，我猜是有點像百鬼夜行。

等我巡邏完，後面密密麻麻，全校的原居民幾乎都來了，包括那群少年郎。

唐晨有點嚇到，「……我們學校這麼多呀？」

擤了擤鼻涕，疲倦的點點頭。我跟他們揮手道別，他們七嘴八舌的。

「反正很快就會跑掉，妳還是得回來巡校園。」「這次的不知道可不可愛？」

「我想了好多嚇人的新把戲哪！」「我也是，好期待啊……」

……千萬不要。我這種破爛身體沒辦法繼續打什麼工了。

我殷殷告誡了好一會兒，誰知道他們有沒有聽進去。倒是一個個摩拳擦掌、躍躍欲試。

算了，專業人士總比我這半吊子強。他們這些傢伙皮成這樣，也該來個嚴點的專業人士管管。

摀著疼痛的鼻子，我吩咐鬼使去老魔那兒上供，跟他致意我人不舒服。就上了唐晨可怕的哈雷，閉著眼睛祈禱到山下。

我的打工到此為止了。說真話，還有那麼一點依依不捨。

「妳是捨不得薪水袋吧？」荒厄打了個呵欠。

我忍到下車才跟她打成一團，不是唐晨把我架住，又笑又勸的分開，還很有得打。

* * *

剛好週末連假日，在家幾天。唐晨這個標準的好學生，居然翹掉兩堂課也待在家裡。

「幹嘛蹺課？」我在咖啡廳外的鞦韆曬太陽。

「開學到現在，各忙各的，我覺得好怪。」他坐在我旁邊的鞦韆，荒厄在他懷裡打瞌睡。「……我還是習慣跟妳同進同出。」

「你高中女生喔？連上洗手間都要一起？」我搖頭。

「男女洗手間不同。」

……你的意思是，若洗手間相同，你還要跟我手牽手一起去上廁所？

「我一直以為你很獨立呢。」我輕輕晃著鞦韆。

他摸了摸鼻子，「是呀，我一直也這麼以為。」就溫愛的輕撫荒厄的背。

我沒說什麼。但我也不能解釋為什麼臉孔有些發熱。

我發現，我的徹底休息條件很嚴苛。

必須在朔的家裡，唐晨陪我說笑，荒厄高談闊論，這樣我才覺得有「休息」到。躺在床上睡多久都僅僅能夠治療疲勞，但依舊緊繃。

這幾天，我們三個黏成一堆，什麼地方也沒去。白天就是散步、曬太陽、看書、睡睡午覺，晚上在燈下隨著朔做小手工。最近又流行幸運帶了，我編得粗細不一，但唐晨手巧，花紋幾乎都是大大小小的「卍」字。讓我無言的是，他特別做了一對，然後在幸運帶上面結鈴鐺，遞給我。

「妳不是很喜歡鈴鐺嗎？」他笑得眼睛彎彎，「真可愛。」

我當然知道他不是誇獎自己的幸運帶可愛。我幾乎是羞慚的收下這個禮物，在荒厄的爆笑聲中，頭都快抬不起來。

荒厄還是喋喋不休，我還得當她和唐晨的翻譯。畢竟唐晨實在聽得不夠清楚。整個晚上唧唧聒聒的，非常熱鬧。朔會含笑聽我們吵鬧。

有時候會喝點酒。我幾乎等於沒有酒量，但供完老大爺的酒總是要銷掉的。唐晨和朔會幫我喝一些，現在荒厄宴來宴去也學得愛喝酒，一旦喝了酒，她酒興一起，就會翩翩起舞，唐晨則吹著口琴，幫她伴奏。

荒厄原本就長得美，自煉成什麼金翅鵬更標緻了幾分。他們戾鳥，聽說都有著妖美臉孔和飽實胸脯。但若是一味裸露，也不會讓「食物」如痴如狂。她胸前的羽毛，很恰當剛好的遮住足以構成妨害風化的部分，卻露出纖細美麗的頸子。後來長出來的銀鱗像是最恰到好處的火樣刺青，讓她的妖美更平添野性和風韻。

當她翩翩的在桌上起舞時，連關海法都會睜開眼睛，蹲在一旁看。

不愧是活了這麼久的老妖怪，跳得這麼撩撥人讓人臉紅心跳，但又優雅含蓄。你完全會忘記她的利爪和尖牙，只覺得這樣和諧且理所當然，揉合了女人的性感和女孩的清純，從翅尖到尾羽，一舉一動，一翔一飛，都緊緊地抓住人的眼光。

跳完以後，她驕傲的接受我們熱烈掌聲，嬌聲依在唐晨的懷裡，「我很漂亮對吧？唐晨我很漂亮對吧？孔雀算什麼東西，鳳舞又算什麼東西？」就在唐晨的懷裡滾。

唐晨雖然聽不太見她說什麼，都會溺愛的抱著她，「我們荒厄是世界上最漂亮的鳥兒！什麼都比不上！」

連關海法都會讚賞的一笑，舔舔荒厄的臉，更讓她得意得不知道如何是好，發出高八度的笑聲。

會欣賞舞蹈的貓。我撐著臉，看著闕海法。

當然啦，她不是只會觀賞舞蹈。她會看書，還會看電視。有時唐晨在房裡練習大提琴，她會蹲在走廊聽，悠然神往。

朔待她也很特別。放貓食和水時，會恭敬的半跪。我來這麼久，沒看過朔主動去摸她，而是闕海法頂了頂她的手，朔才會輕撫。

如果說，闕海法是隻貓妖，那一切都能夠解釋了。但她從裡到外，完完全全，就是一隻貓。她的行為、習性、氣息，就是貓而已。

相對於她的種種異能，卻更不可思議。

但她似乎抱持著和朔類似的態度，很少顯露她的異能。但卻比朔更隨心所意和入世。她若高興就會干涉，像是封住玉錚原靈，像是捍衛差點讓我殺了的仁王。但她若不想，就算我和唐晨在門口出車禍，她也只是靜靜的看。

看到我盯著她看，闕海法走過來，頂了頂我的手，我撫摸著她的耳後，她露出一種非常舒服的神情。圍著我轉，從我口袋裡「勾」出唐晨做給我的幸運帶。

「妳想要？」我問她。

她搖頭，輕輕咬了咬我的手腕。我想，她是要我戴起來吧。

我戴了起來，鈴鐺發出細碎的響聲。她笑瞇了眼睛，又跳到窗台去打瞌睡了。

但我要到星期一，才知道她的用意。我很驚嘆她的未卜先知。當然，荒厄也有一點預知的能力，尤其是災厄。但自從她煉成金翅鵬之後，這種能力就減弱到幾乎沒有了。我想是因為她已經「轉職」（這是她自己講的，還對我解釋了快兩個鐘頭，解釋到我們打架），幼時的一些能力會被犧牲掉。

但關海法，只是一隻貓呀。

這真是非常神祕的事情。

有妖怪恨恨的說過，唐晨的哈雷是個活生生的凶器。

這點我真的很難反駁，但他還只需要走避，我可是坐在上面。所以真的不能怪我為何沒發現任何異常，我光把臉埋在唐晨的背後尖叫就很忙了，哪有辦法去察覺什麼。

一直到要進入校門口了，唐晨減速，我才發現不妙，但為時已晚。

我被個竹竿還是什麼的東西擋住咽喉，活生生的從哈雷上面「刮」下來，險些跌斷脖子。

趴在地上，我全身內臟像是被撞得反轉，痛得要命。但最可怕的卻不是這些，而是擋住咽喉的無形物像是要一路切進肉裡，直到手腕的幸運帶突然發熱，那個東西才縮回去，不見了。

結果我出這個詭異的車禍，咽喉卻燙出一行水泡。

唐晨慌張的跑過來，想把我扶起來，我發現我兩腿顫抖，只能跪坐。

「不要怕，」他的聲音微微顫抖，「別把頭仰起來，鼻血會嗆到。」他抽出溼紙巾擦拭我的臉，我才知道我流鼻血了。抓著他的衣服，我不斷發抖。

什麼大傷小病我沒見過？早就抖到不會抖了。但現在卻有種比傷病更恐怖的東西讓我害怕，像是面臨天敵。

荒厄破口大罵，就要衝向校門口的某樣東西。我吞下一口血，大喊，「荒厄回來！」但還是遲了一步，她發出一聲慘叫，起火燃燒，唐晨慌著幫她滅火，我的左肩被她的火焰灼出水泡，衣服都破了。

她沒受到重傷，但受到不小的驚嚇。她自從成為金翅鵬以後，從來沒有遇過什麼強敵。北妖九萬聯軍，她都敢與之對峙，但只是一個禁制，就傷到她了。

握著溼紙巾，鼻血還沒停止。原居民就把我們團團圍住，又哭又嚷，更讓我頭昏眼花。

他們受到更大的驚嚇，說話更不清不楚。聽了半天，我才聽懂，昨天夜裡，有人在校園裡立起竹子，他們就通通被趕出來了。有家歸不得，慌亂得不知道怎麼辦才好。

想過要去找我訴苦，但巫婆家是不能隨便進去的。唐晨那部哈雷又是殺鬼凶器，他們只能圍在校門口等我。

「……是你們把我拽下來的？」真慘，鼻血流個不停，太狼狽了。

「我們哪裡敢？」原居民一起哭起來，「讓老大爺知道，我們還活不活呢？」

……你們早死啦，各位。

但失神到現在的荒厄發抖哭泣，「炎、炎……炎帝！嗚啊啊啊……」

我的心馬上涼了半截。「神威如獄。」我喃喃著。

南方炎帝，原名重黎，後住在祝融城，又名祝融。這個性格暴躁、司命為火的神祇，最是嫉惡如仇。祂曾豎竹燃燒，稱為爆竹，專門驅妖除鬼。荒厄心有餘悸的提過，她之前在金陵漫遊的時候，差點讓炎帝乩身殺了。

這在她心底造成很大的傷痕，據說有陣子看到火就會發抖。但現在她修煉成這樣，擁有自己的火，還是恐懼得幾乎嚇殺。

「荒厄，妳先避難去。」這得當機立斷了。

「什麼話？」她忘了害怕，大怒起來，「我能扔妳一個在這兒？妳要知道，妳跟妖怪也差不很遠了！」

……就算是實情妳也別說出來，這叫我怎麼不傷悲？

「妳先避避去，」我打起精神勸她，「我去瞧瞧到底發生什麼事情，在外沒有伏兵……妳放心？妳看是去哪兒躲一躲，等我弄清楚。我若有了危險，最少妳還可以來救我。我們兩一起失陷，誰來救呢？這不是妖魔鬼怪，魑魅魍魎……是神明哪。」

她一下就懂我的意思了，果然是隻聰明的鳥王。遇到魑魅魍魎，不說老大爺，聖后慈悲，王爺承情，我們還可以勉強擋一擋，事後還有人罩。但牽涉到神明，祂們說話也不是，不說話也不是，這點人情世故，唐晨可以不知道，我和荒厄怎可以不知道？

荒厄低頭了一會兒，用翅膀拍了拍我，「妳……妳可小心。」然後一臉想吐的轉開頭。

「是了，妳自己也當心。」

垂首了片刻，她憤然飛起，方向卻不是朔的家。我猜她去找四方交好想辦法去了。

顫顫的站起來，她的深染追上來。「不許妳自個兒逞強，讓我只能收屍！妳的身體我也是有份的！」

「是了，知道了。」

這傻鳥，一路哭著去了。

幸好一大清早，校門口沒什麼人，唐晨搪塞得過去。只是他看我一身傷，自責得要死，一意要送我下山求醫。

我搖頭，心底湧起極大的怒氣。我簡單的說了一下，他眉頭越皺越緊。「……妳且請假一天吧！」

「哪能天天躲著，我還要上學呢。」我擦掉鼻血，怒氣沖沖的走向校門。

真是令人難過的感覺，像是突然發起高燒，內在焚起狂烈的火。但我戴著的幸運帶鈴鐺輕響，不知道怎麼的，我就進去了。

校內更讓人難受，空氣真比喜馬拉雅山還稀薄。

「……你有覺得什麼不舒服嗎？」我問唐晨。他把我架去校醫那兒擦藥，正在瞪著我脖子的那行水泡發呆。

他搖搖頭，「一點感覺都沒有。」

我藉故說要在保健室休息，等他走遠了，我趕緊推被溜走。

但我對這種真空非常生氣。怒氣沖沖的，我跑到老大爺那兒，發現學校沒趕出去的原居民都擠在這兒，像是起了一層黑霧。

老大爺看到我，冷笑一聲。「人類就是不容我等在此就是了。」

被祂這麼一搶白，我湧起一陣委屈，「老大爺，人類又不是一個人可以代表……」一陣心灰，我哭了起來。

老大爺默然，然後長嘆一聲。「是我不該發作妳。但是丫頭，老兒還留在這兒未走，是為了這些老朋友。但人類逼到這種地步，還拿炎帝名義壓我……於公於私，老兒只能忍氣吞聲……」祂轉忿恨，「想來沒辦法，只好一走了之了。」

「您走了，這學校怎麼辦呢？」我哭著說。

「ㄚ頭，聽老兒一句，妳也走吧！」老大爺反過來勸我，「水至清則無魚。別說妳這樣短命妖氣的小姑娘，普通人也承受不起。這地該有此劫，定當衰敗了。哪裡沒有學校念呢？」

「……這是第一個讓我覺得我還是人的地方。」我低頭拭淚，「我不會弄到這種田地的。」

老大爺搖搖頭，原居民遠遠近近悽惶的鬼哭。

等我發現，小辦公室用禁制鎖上，沒辦法去給老魔上供，我真的快要氣死了。怒火沖天的，我不等校長叫，就衝到校長室去。

校長正在跟個年輕人說話，那傢伙的眼神真是無禮之至。他的意識鋒利如劍，若不是我還有絲毫人氣，恐怕被他斬成兩截。

日後我才知道這個「年輕人」早過不惑之年了，修道人不顯年紀麼。長得又帥……但不是帥哥就討人喜歡的。

遲鈍的校長根本沒發現劍拔弩張的緊張氣氛，神經很大條的說，「林默娘同學……我是說，林蘅芷同學，這是我們請來的『專業人士』徐如劍先生，以後妳不用那麼辛苦了。」

「哦？」徐如劍挑了挑眉，「妳就是『靈異少女林默娘』？」語氣卻是十足十的嘲笑。

先禮後兵先禮後兵。我拚命提醒著自己，就算再怎麼想打爆他的腦袋，也先講理，再說看起來也打不過。

「徐先生，」我勉強壓抑住火氣，「您的禁制似乎太過霸道了。」

「是嗎？」他輕蔑的笑，「我倒覺得不夠周延。」這傢伙惡意的在我脖子上的水泡溜了幾眼，「等八卦陣蓋起來，那才是海晏河清、天下太平。」

……等蓋起來，連我都沒命，還想到其他眾生？

「諸葛亮就是干涉太多天命才早死的。」我尖酸的頂他。

「斬妖除魔為我輩分內之事，生死早置之度外。」

「他們也是有權存在在此的！何況他們才是原來的主人！」我終於抓狂了。

他哼笑兩聲，「好個人道主義。」他撇頭，「那讓校長開除我呀！」

校長馬上慌了，「林蘅芷同學，少說兩句！徐先生，別這樣，小孩子不懂事……這邊請，我們先談談這個八卦陣要怎麼弄……」

徐如劍笑笑的經過我身邊，用很低的聲音說，「可惜了，差點就梟首呢……」

我從來沒有這麼想殺人過。

的確怪談幾乎絕跡了，剩下的只是精神過敏而已。

但學校變得死氣沉沉，官方說法是「流感大流行」，但我知道為何學生會紛紛病倒。

人類啊，血統不像想像中那麼純正。聽說很久很久以前，妖怪們和人類還偶有婚嫁，這些稀薄的血緣隨著人類開枝散葉，多多少少都有滲著一絲絲。有人說，人類的第六感啦、超能力啦，都是這些遠古異類祖先留下來的殘餘，但也沒人去研究和證實就是了。

徐如劍的禁制嚴格到這種地步，連普通人的絲微邪氣都攻擊，學生年少，身體強壯，被這樣攻擊頂多小病一場，但有些年紀比較大的老師受不了了，這個禮拜就有兩個老師因為高血壓或心臟病發作送醫院了。

更讓我生氣的是，我發現疫神可以大搖大擺的走進來，讓疫病更橫行。因為祂們有個神職，所以不在攻擊範圍內。

這些疫神，以前哪有這種膽子在校園晃。祂們神格很低，低到跟原居民相差不遠。咱們學校的原居民都是無憾無恨的，不但過兒很少，甚至還有小善微才。往往討厭這種疫神，會聯手趕出校門。

現在好啦，沒人趕疫神，我能驅除的範圍又有限，恐怕會爆發一場大的瘟疫或食物中毒，讓我非常忐忑不安。

老大爺雖然生氣，卻不許我輕舉妄動。畢竟炎帝暴躁，萬一他的代言人發個讖言，我這妖氣纏身的小傢伙就等著死無葬身之地。我知道老大爺是關心我，但我實在忍不下去了。

雖然這學校在排行上敬陪末座，學費貴，同學又白目，費了我多少精神，又好幾次遭逢幾乎喪生的危險。但這些白目同學卻溫暖的喊我默娘，與我玩笑、同席就讀。老師待我都很好，不嫌棄我是這樣陰陽怪氣的學生。

我又在這學校遇到唐晨。

我悽苦一生，幾乎很少聽到一句好話。是這個破爛學校的白目師生讓我有「我是人類」的感覺。在這個學校我和荒厄、唐晨相依為命，迎接每一天的。

還不到畢業，我絕對不許這樣散場。

我和唐晨說，他頗有同感。我們倆就開始到處破壞「學校公物」。我瞧得出那些是禁制卻不能動手，他瞧不出禁制卻可以動手，我們倆一搭一唱，開始我們的「拆牆大業」。

比起徐如劍，我和唐晨對這學校熟悉太多了，何況我巡邏了快一年。

一開始，只有我和唐晨在「拆牆角」，後來有些微有靈感的同學也幫我們把風、通風報信。到最後，某些原居民忍著神威，神出鬼沒的讓徐如劍疲於奔命，我們好趁機大拆特拆。

有回我們硬拆掉小辦公室的禁制，連唐晨都手掌燒焦。我是很心疼，但我更急著去供食給老魔，雖然知道他不會餓死，但被這樣禁制，他一定白受很多罪。

老魔嚇傻了，「妳、你們來作什麼？那神乩不會饒你們！」

我慌忙的供月水石榴，「我立誓回報眾生之情了。」

「我有什麼情義到你們這兒!?」他發脾氣，「快走快走，他來了！」

但徐如劍堵著門，險些抓到我們倆時，老魔咆哮著差點撲到他身上，給我們爭取逃跑的時機。

「他要緊嗎？」拖著我逃跑的唐晨回頭看。

「應該……還好吧。」我硬著心腸不去聽他痛苦的慘叫。

真的……再也受不了了。但我們只是學生，徐如劍接了一個客座教授的職位，校長挺他，我們也只能打游擊。

但這樣拆，學校的完整禁制就維持不住了。我也不懂原居民為什麼這麼死心眼，這麼不舒服的環境，他們還是歡呼著「回家」。

徐如劍的忍耐終於到了極限。最後他告到校長那兒去，我和唐晨都被抓去詢問。我這謊精是沒問題，但唐晨就讓我捏把汗。

「徐老師說，你們破壞學校公物。」校長凝重的問。

「有嗎？」唐晨反問，「凡事都是講求證據的。有什麼證據指向我呢？」

這倒令我對唐晨刮目相看。

結果徐如劍發了頓脾氣，但提不出任何有利的人證物證。我突然覺得他除妖斬魔可能很厲害，但人情世故、應對變通，還得從唐晨的等級學起。

這大概是幼稚園程度吧，我想。

這天，唐晨有課，我在校園晃著，記錄每個禁制的配置圖。

不知道是否太專心，徐如劍突然冒出來，一把抓住我的胳臂，「人贓俱獲。」

他光抓住我的胳臂我就像是被個火圈燒了，但外觀看起來卻毫無異樣。我痛得要死，他卻在獰笑。

當然，他有個不錯的皮相。我們學校有些發花痴的女生對他如痴如醉，連小戀都棄了唐晨，改去黏「成熟有魅力」的「徐老師」。但看在我眼底，他比踢著腦袋玩的原居民還猙獰可怕。

「什麼人贓俱獲？」我給他抵賴，「我碰到什麼？徐老師，你若不懂人贓俱獲的意思，我可以借本辭海給你。」

他的眼神冰冷起來，瞄了瞄毫髮無傷的禁制，把我拖近點，輕輕撫著我臉孔上的細鱗，「妳連外面那層皮都不是人類了，妖物！」語氣惡毒的讓人不寒而慄。

「我要告你性騷擾喔！」我喘著說，他身上的神威比起唐晨心傷時還可怕許多。唐晨沒有修煉、自己沒有意識到，這傢伙不但意識強烈，還修煉甚勤，我快被這股可怕的神威逼死了。「當老師的對學生動手動腳，可是要送教委會的！」

其實我不知道是不是送教委會還是什麼鬼，但荒厄那套我學得真道地，嚇嚇他先。

但他還真的被唬住了，臉孔扭曲了一陣，將我惡狠狠的一推。我心頭靈光乍現，真惹什麼事情，他在這學校就待不住了，校長迴護他也沒用。

惡從膽邊生，我嘲笑他，「說什麼斬妖除魔，我這妖人在你面前晃來晃去，你連一片指甲也不敢碰。」

他原本要走了，突然轉身，神情真是可怕極了，一把抓住我的胳臂，就掄起拳頭。我趕緊閉上眼睛，用另一隻手臂護住自己的頭臉。咬牙忍著，希望還有一口氣可以驗傷。

但等了半天，只有手臂被抓得發痛，卻遲遲等不到他的拳腳。我顫顫的睜開眼睛，他臉色陰晴不定，眼睛幾乎要噴出火來。

正在僵持，轟的一聲，去避難的荒厄突然出現在我左肩，並且抓向他的臉。他被抓了一下，大聲呵斥，飛出一道符制住荒厄，就要痛下殺手。

想也來不及想，我撞進他懷裡，和他角起力來。回頭看荒厄，她凌空被困在符中，被燒得不斷慘叫。

那符……我很眼熟。

「住手！」我將隨身帶著的小桃木劍掏出來，「我是靈寶派仁德堂虛柏居士弟子，神威如獄，你有事就對我師父說！放開我的式神！」

他愣了一下，大怒說，「騙子！」

「你身為靈寶派弟子，不認得自己師門的法器嗎？」我更大聲了。

他一把奪去桃木劍，氣得臉孔發青。恨恨的收回符，我趕緊接住荒厄，和她抱在一起發抖。

「別以為妳知道我的真名就很了不起。妳只是誤打誤撞！陰險狡詐、卑鄙無恥的妖女！不知道是怎樣迷惑了師叔……」他咬牙切齒，又復狂怒，「我先殺了妳這賤人！」

他衝過來，我將荒厄緊緊摟在懷裡，閉緊眼睛。

聽得一聲鈴鐺急響，唐晨吼，「你想幹嘛？你想對蘅芷做什麼？」他忿忿的走過來，護在我前面，「我們是小學生？還要挨體罰？」

我趕緊躲在唐晨後面，拉著他的衣服發抖。瞥見地上有個繫著鈴鐺的幸運帶，應該是他親手做的。他做了一對，一個給我，一個他自己用了。

他大概拿那幸運帶扔徐如劍，我和荒厄才得命了。

冷笑兩聲，徐如劍收回拳頭，「既然善士說情，我也不好違背。只是這等妖言惑眾的妖人，善士還是離了這災殃的好，切勿自誤！」

「我就愛讓她誤，怎麼樣？」唐晨倔強的抬頭。

……我還是頭回看到唐晨撒潑。

徐如劍看著桃木劍，「別說我欺負師叔的小輩，賞妳吧。」他把桃木劍扔過來，飛刀似的，靈巧的迴避了唐晨，卻割斷我幾根頭髮，才插入後面的布告欄，直到沒柄。

我的腿都軟了。

他轉身，回頭獰笑，「晚點我讓助教送圖樣給妳。既然是師叔的高徒，一定有法可破吧？」然後狂笑而去。

我連站都站不住了。

那把劍我根本拔不出來，還是唐晨拔出來的。

當天下午，徐如劍的助教真的把圖樣送給我，那是預計施工的八卦陣。雖然世伯盡心「函授」，但我學得連皮毛都不算。想寄給世伯，又怕引起他們師門不和。

這就跟神明不好插手這事一樣，我拿這個去引起他們師門內鬨，真的不敢如此白目。

我抱去問老大爺，但祂臉色死灰，一起看著的趙爺們和仁王都神情慘澹。

「……丫頭，妳若念這幾年的情，跟校長說一聲，我們一起搬去靈骨塔。他們愛怎麼乾淨，就怎麼乾淨吧。」老大爺萬念俱灰的說。

「老大爺！」我聲音都逼緊了。回頭看著唐晨抱著荒厄，正在餵她喝自己的血。唐僧肉的血呢，但荒厄還是整個萎靡，連聲音都沒有，我忍不住哭出來了。

「丫頭，我哪裡是捨得的？道家不容我們，他背後後台又硬，我們有辦法？」

老大爺神情悽慘，「老兒不過是個墳山的土地，人家是南方的炎帝。地位之高，有幾個可以比？這就是現實。妳這孩子太心慈，別枉賣性命。看是休學還是轉校，別跟他硬碰硬吧。」

我更急得大哭。這學校對我意義非凡，我怎麼能看一個破道士弄得衰敗殘破？我開始懊悔不該嫌累，早知道就扛下來，巡守到畢業就完了，現在卻得眼睜睜的看著完蛋。

老大爺沒罵我，還著實安慰了好一會兒。我倒寧可他破口大罵，事情還有轉圜的餘地。他這樣萬念俱灰，著實完了。這墳山學校沒老大爺，真空幾年，到底還是撐不了好久，萬一老魔一死，眼看就是溫床了。進駐個大角色，還能有活人嗎？

我心底最愛的學校，心靈認可的故鄉，就這麼沒了？

「……那破爛道士若不靠神威，我才不看在眼底。」荒厄艱難的爬起來，「蘅芷，罷了。哭管什麼用？我們走了吧。哪裡不能生活呢？」

那天真是淒雲慘霧，我想到就哭。到了傍晚，荒厄就恢復了，但她這樣驕傲自大的妖怪，吃了這個悶虧，心情很不好受，反常的沉默，讓我更難過。

心事重重的去車棚牽車，沒想到徐如劍在那兒守株待兔，我嚇得抱緊荒厄，躲在唐晨後面。

「小師妹，何必嚇成這樣？」他皮笑肉不笑，「妳我主張不同，難免有些摩擦。但鬧到師叔那兒去，倒讓人說我們師門內鬨，傳出去不甚好聽。」

「我也不會去跟師父告狀。」我在唐晨後面小小聲的說，「只請師兄手下留情，饒了這許多眾生。這學校好歹是土地爺主意的，您什麼事情也跟祂商量商量。」

「老土地？哈！」他冷笑一聲，「我不好說神明什麼，但人老顢頇，在所難免。」

這下子，我氣得忘記要害怕。「你說老大爺什麼?!」

他輕蔑的撇撇嘴，「小師妹，老土地可破得了八卦陣？」

我先是覺得臉孔的血褪個精光，又幾乎衝了上來。「……是祂老人家不喜歡太干涉天機！」

他笑了兩聲，「這八卦陣，也不見得要蓋得這麼絕。」他悠然的看了看晚霞，「虛柏師叔，是赫赫有名的高道。想來強將手下無弱兵，咱們切磋比劃一下，妳能贏我，我就蓋個有名無實的八卦陣。」

我瞪著他，忍不住笑出來。我?!慢說我這不能修煉的體質，世伯認我做弟子，還是暑假前的事情。

「請問您修煉幾年了？」我客客氣氣的問。

「十年有餘而已。」他含笑。

「我當師父的弟子前後硬算進去，不到半年。」換我冷笑了，「更不要提您有那麼硬的靠山，我們惹不起。惹不起，總躲得起吧？」

「也是。別說我欺負小師妹。」他偏頭看我，「我不用神威，小師妹入門未久，妳的式神也頗有修煉，我和妳式神打，如何？」

他懷著什麼鬼主意？但這等修道人，別說讀心，連感覺情緒都感覺不到。

「著。」荒厄將頭一昂，「你不用神威，咱們打過！我就不信降伏不了你這破爛牛鼻子！」

「荒厄！」我阻止她。

「別說啦，就這樣！」她發脾氣，「我這輩子沒這麼窩囊過！不找補我忍不下這口氣！這牛鼻子沒很了不起，只靠他們家的神明而已！不靠後台，很有得打呢！」

拗不過她，我和我同門師兄（真不想認……）訂定了決鬥的地點和時間。

我們約在子時，地點就是學校的操場。

我不知道他搞了什麼鬼，猜想是某種法術吧？總之，沒有學生經過，就算經過也看不到。

荒厄殺氣騰騰，亮得像是一只火把。徐如劍很輕鬆的站著，只拿了個桃木劍。開打之前，我逼他依著靈寶派的師門立誓，絕對不動用神威，他也笑笑照辦了。我想世伯這樣正氣凜然，他的師門應該也是如此。雖然忐忑不安，但荒厄執意如此，也只好硬著頭皮上了。

學校的原居民都聚攏遠遠的看，我和唐晨就站在場邊。手心捏把汗，開打了。

荒厄雖然受了點傷，但唐晨的血讓她恢復得很快。雖然怒火沖天，但她倒是意外的冷靜，盤旋撲擊，頗有尺度，攻勢雖猛卻不躁進。我看著她，有種異樣的感覺。

以前總覺得她像是個很厲害的孩子，但這幾年，遇到不少災難，她卻意外的成熟起來。雖然還是衝動聒噪，但臨敵對陣，卻頗有大將之風，讓我不禁以她為傲。

她那個囂張的自稱還真有些名副其實了。金翅鵬王齊天娘娘。

不倚賴神威，徐如劍果然落了下風。即使祭出壓制荒厄的符，卻讓她翩翩閃過，反而在他臉上落下深深的爪痕，若不是閃得快，他的眼睛也跟著出來了。

我像是在唐晨旁邊，又像是不在。那種附身到荒厄的感覺又來了，我心底空空的，又滿滿的。但不再只是本能的怒火充滿心胸，而是一種激越，強烈的士氣，知道為什麼而戰的英勇。

眾生有情，但願我能同等回報。我這樣不切實際的心願，卻讓荒厄認同了。

於是，我就是荒厄，荒厄就是我。我的心神乘著她的翅膀，不是為了血肉食欲、無知的憤火，而是為了一個信念，勇往直前。

我們的利爪抓碎了他的武器，逼他投降。

「我們贏了。」我面無表情的說。

他笑了兩聲，臉孔的血滴到前襟，「是嗎？」

一種失重的感覺，襲擊了我和荒厄。這讓荒厄從半空中跌下，我跪下一膝，哇的一聲吐出血來。

強大的壓力籠罩，幾乎要壓碎所有眾生。神威如獄，但神恩似海卻不會加諸於眾生。在場的原居民爭著逃遠些，近一點的動彈不得只能臥地呻吟。我一口一口的吐著血，只能指著荒厄卻說不出話來。

連唐晨都有點行動遲鈍，像是頂著無形的狂風而行，他摸到昏厥過去的荒厄，用身體護住她。

「你說話不算話！」唐晨對著全身發著赤金火焰的徐如劍吼。

「我說不動用神威的。」他笑，神情越發猙獰可怖，「但現在，我就是神！」

我頭回看到什麼是真正的降乩。不僅僅是神的意志，而且包括祂的所有神威和狂暴。

南方的炎帝，降臨了。

天空發出響亮的霹靂聲，魂體比較弱的原住民立刻四分五裂，慘嚎著鑽入地下。我只覺得五臟六腑快被這巨響震碎了，直到唐晨懷著荒厄抱住我，我才覺得好些。

「走！」他將我扛起來，拔腿就跑。但赤金到轉純藍的火焰在我們後面窮追不捨，甚至捲到他的小腿，讓他摔倒了。

「唐晨！」我尖叫，但又吐了口血。

看到我吐血，他突然狂怒，吼著，「滾開！」他不自覺的神威轉成金蛇，將火焰絞成碎片，我們才得到緩一緩的機會。

他一跛一跛的扛著我和荒厄，上了哈雷，快快的發動車子，狂奔而去。

金蛇飛回他的體內，他卻悶哼一聲。我想他也受了內傷。

「不要怕。」這個時候他還有心情安慰我，「抱緊我，蘅芷。」

這個時候，我完全不覺得他騎車太快了。

我將臉埋在唐晨的背後，血不斷的從口鼻冒出來。

以前只是很本能的，根本沒去多想的「附」在荒厄身上。現在我就有幾分明白了。這是一種一體同心，我們就是合一了，互相寄宿生命。我就是她，她就是我。這樣讓我們能夠共同對抗艱厄，但若受傷則是相同的沉重。

我傷得多重，荒厄就受了多重的傷。

很心疼，但也很灰心。

我遇到的高人不多，就朔和世伯。但我很自然的以他們為範本，以為高人就像這樣的，光明正大，正氣凜然。但我忘了世人是多麼排除異己，不因為本事高低而有所分別。

即使用欺騙的手法，也覺得理直氣壯。這世間，到底還有什麼好活的？我這樣的妖人？

現在牽連的荒厄都快沒命了。

而在我們後面緊追不捨的，居然是地位崇高的炎帝。一個……神明。可以跟誰祈禱呢？

我又大咳了一聲，黑色的血塊應聲而出。

「撐住，蘅芷。」唐晨的聲音平穩，「朔會治好妳們的。」

「不要連累朔！」我驚慌了。

「相信我，蘅芷。」他依舊穩定，「我相信朔超於這些。」哈雷怒吼，狂奔進咖啡廳的院子。他扶著我下來，衝進咖啡廳，他將荒厄塞到我懷裡，轉身面對狂燃赤火的徐如劍。

「夠了！」唐晨斥責，「有完沒完？都追到這兒了，還不放過嗎？」

徐如劍睥睨著他，「除惡務盡。小慈定成大慈之賊！」

我不放心，但荒厄在我懷裡奄奄一息。頭回這麼敏捷，我跳過櫃台，躲在朔後面簌簌發抖。

徐如劍不敢對唐晨動手，卻震碎了咖啡廳的落地門。「巫婆！把那妖人和妖鳥交出來！」

一直埋首磨藥草的朔這才抬起頭，「先生，你打破我的門，我生意還做不做？」

平空又一聲霹靂，震得整個咖啡廳搖晃不已，唐晨站立不住，又讓徐如劍一推。我擦了擦眼淚，平靜一下，就要出去，朔卻將我一攔。

但早她一步的，是關海法。

她依舊踏著悠哉的腳步，朝著徐如劍面前一坐。說也奇怪，這麼神威猛烈的神乩，連一步也進不得。

「妖貓！滾開！」徐如劍憤怒的揮手。

關海法嗤笑一聲。「小鬼，你不配跟我說話。」她打了個呵欠，「喂，祝融。你聾了喔？我在叫你。」

徐如劍的眼神漸漸改變，發出赤藍的金光，神情詫異，「……真貓？」

「原來沒聾啊。」關海法洗了洗臉，「你的乩身打壞了我的門，還驚擾我的小朋友，這帳怎麼算？你說說看。」

徐如劍……應該說炎帝祝融，他慌得連連搖手，「我怎麼會這麼幹？誤會誤會。這小鬼天資不錯，我偏疼些是有，這才給他乩身。但妳也知道的嘛，人多事繁，我哪有辦法一一去考究他們幹嘛去？他遞交的文書和證據都有，說是墳山惡鬼作亂，妖魔橫行……」

「蘅芷，」關海法對我招手，「妳身為地祇之巫，現在不上告，什麼時候上告？該說什麼就說。別怕這傻大個。」

「哎唷，真貓，給我點面子。別開口閉口傻大個的……」炎帝祝融不太好意思的摸了摸腦袋，又板起臉，「那個神巫，有什麼話說？」

朔暗暗踢了我一腳，我才醒悟過來，連滾帶爬的跪在炎帝祝融面前，泣訴徐如劍的種種無道。

炎帝祝融的臉孔本來就紅，越聽臉孔更是發紫，聽到最後更是紫裡透黑。

「……壞我名頭！這王八小子！這不是到處替我得罪人？我雖然脾氣暴躁些，也不是這樣五窮六絕的人物！對不住啦，小姑娘，我必定狠狠地罰他，好生管教！請代我跟都統領福德正神致意，咱管教不嚴……」

「你自個兒走過去講一聲不就完了？」關海法睨看著祂，「傻大個就是傻大個。」

「真貓，妳真是……幼年的名兒，妳偏記得真！我就去，就去……我先廢了這王八小子的道行，日後再審度細罰，妳看好不？這門，我也讓他全數賠償。」祂陪盡小心，「真貓，我可想念妳緊哪，要不要跟我回南方？人間也沒什麼好……」

「再說吧！」關海法笑笑，「我還住得舒坦，小朋友們也頗可愛。」

事情就這麼莫名其妙的了結了。你別問我，我也不懂。

退乩之後，徐如劍痴痴呆呆，只是蹲著發愣。朔嘆了口氣，打了電話給世伯。

他很快的趕來，卻抱著頭發疼，安慰了我好一會兒，還幫看了荒厄的傷，又住下來了。

世伯自然是住在朔的房裡（……），唐晨動了真氣，說什麼也不要跟徐如劍一房，但世伯看在同門之情，也不能不管，怎麼辦呢？

最後唐晨讓出他的房間，搬到我那兒暫住（……），我們倆的床中間隔著帘子，只是起居有點尷尬。

徐如劍痴呆了一個月才清醒過來。世伯把我叫過去，希望化解我們的心結。我是可以原諒啦，人家炎帝都低頭道歉了，他這專業人士都當不成，殺人不過頭點地，何必趕盡殺絕。

但徐如劍卻不肯。只是他的理由讓我一整個無言。

「你為什麼收她做徒弟呢？」他朝著世伯發脾氣，「你不肯收我，卻收她這樣一個妖人？是不是我要入妖道你才收我呢？還把我推給你的師兄！你明明知道我對你……」他拉著世伯淌眼抹淚，死都不肯放手。

別說世伯毛骨悚然，我和唐晨的寒毛都一起豎起來了。做了一番大事業的真貓

（？）關海法，別開頭偷偷地笑。

……她真的是貓嗎？

還是朔解了圍。她冷靜的撥開徐如劍的手，抱著世伯的頭，「這是我男人，你跟我爭什麼？」還在他臉頰親了一下。

別說徐如劍抱頭大叫，世伯臉紅過耳，我和唐晨可能全身都紅了。

「還是巫婆有辦法呢。」荒厄咯咯的笑，連關海法都笑瞇了眼睛。

之六　師伯

唐晨的睡相很差。

自從讓出房間給徐如劍之後，唐晨就搬到我這兒。雖說朔添購給我們的都是雙人床，而且還是king size。當初住進來我就很納悶，一個人睡這麼大的床要幹嘛。

我不得不強烈懷疑，朔早就知道會有這個「意外」，所以乾脆每個房間都買大床。

情勢所逼，我也不是不相信唐晨，所以用個帘子隔開，我睡靠牆那邊，他睡靠外頭那邊，理論上應該相安無事……

但他總是可以滾過那道帘子，睡在我的枕頭上，有些時候，還會把手擱在我身上。

「……你是不是很喜歡我的枕頭？」我悶了，「我們交換枕頭好了，上頭鋪個毛巾就是了。」

他總是不好意思的笑，「……抱歉，我睡相不好。」

枕頭是交換了，但他還是滾過來，天亮看到他臉孔的大特寫，雖然是這樣賞心悅目的容貌，還是讓我嚇得跳起來。

我考慮過乾脆把他綁在床上，那就不會滾動了。但荒厄很熱心的教我什麼「龜甲縛」，等我搞清楚那是幹什麼用的，我追著她打了一路。

我為什麼要養這隻毫無羞恥心的戾鳥呀?!

「反正你們倆啥事也不會發生嘛，妳管他滾不滾過去？」荒厄不懷好意的笑。

「傳出去能聽嗎？」我光火了。

「對喔。」荒厄一拍腦袋，「應該要先把八卦傳出去，好靠群眾的輿論力量……」

忍無可忍，我抓起掃把追著她繼續打。把別人的尷尬當什麼呢？這混帳。

還好徐如劍只昏了一個月，等他清醒，朔就很不客氣的遞給他帳單，請他滾出去。那傢伙還敢跟朔喊喊叫叫，真是膽量非凡。若不是他是世伯的同門，恐怕連屍體都找不到。

他既然讓朔趕了出去，唐晨就可以回自己房間了。但他收拾得慢吞吞的，一副依依不捨的樣子。

「唐晨。」我威脅的說。

「好啦。其實我們睡一間也沒什麼……」他咕噥，「天氣冷，比較溫暖呀。」

「你去買台電暖器吧。」我毫不客氣的將他趕出去，「不然荒厄一定很愛跟你睡，或者你恭請關海法一起分享你的床！」

「妳幹嘛這樣？」荒厄很失望，「近水樓台先得月。雖說你們的那種發情期真比獅子還不如。但摩擦生熱，搞不好也可以鑽木取火……」

我再次掄起掃把。

* * *

徐如劍把整個學校生態（？）弄得一塌糊塗，我面對這樣的廢墟真是欲哭無淚。

在家裡躺了兩天，可以起身了，我就急著要去學校，不管世伯怎麼勸。我受的內傷重一點，但世伯已經幫我治得差不多了，躺在床上只有調養而已。但我怎麼躺得住？

唐晨也說他不能放著功課不管，我們倆就互相扶持的去學校了。

當然啦，學校傳的很轟動，還上了地方版。響了一夜的冬雷，卻沒有半點雨。響完冬雷，土地公祠還被一片紅光籠罩，但沒半個人敢去看。

這夜過後，原本匿蹤的怪談又旺盛起來，更讓人眾說紛紜。

我拖著還未癒可的身體去學校，聽到有同學在抱怨，學校鬧鬼鬧成這樣，校方也不管管，放著那些鬼到處使壞。

……孩子，不是不鬧鬼就是好事。我們在背後做了些什麼，你們也不知道。

但我默默無言的去見老大爺，祂看著我，我看著祂，齊齊發了聲嘆息。

「老大爺，求您留下吧！」我小聲的說。

「炎帝都擠到我這小廟低頭賠不是，老兒還能說什麼？」祂嘆氣，「原來真貓在巫婆家呀。」

咦？「老大爺，真貓……到底是什麼？」我真的一整個好奇起來。

「真貓？就是……」祂很想解釋，搔了搔頭，「就是貓啊，還能是什麼？」

「……貓有這麼厲害，妖怪還要活嗎？」我叫了起來。

「當然不是每隻貓都這樣呀，她是真貓耶！」老大爺回答得理所當然。

祂回答的很清楚，但我聽得很糊塗。

真貓……到底是什麼？

問來問去，答案都差不多。我乾脆把荒厄抓來問。我和她深染得幾乎不分彼此，如果言語無法形容，也可以靠情緒深染來理解。

「真貓到底是什麼？」我很誠懇的問。

「就是貓呀，不然還能是什麼？」她奇怪的看我一眼。

「……妳說具體點，這麼有本事，還是炎帝的幼年好友，不可能只是貓吧？」

她撓了撓腦袋，「真貓，就是真貓呀。呃，人有真人，貓當然也有真貓……在貓群當中很厲害很厲害，但還是貓啊……」

荒厄想讓我了解，但她傳過來的影像我若看得懂，我就把頭剁下來給你當椅子坐。結果她苦思惡想，想要用最淺白的解釋讓我了解……但她開始冒煙了。

「好了好了，別想了，妳的頭開始冒煙了啦！」我慌著朝她腦袋澆水。

「……就是貓啊，妳想那麼多幹什麼？」她很困惑我怎麼不懂這麼明白的道理。

……所謂人妖殊途，我和荒厄這麼親密，居然還是沒搞懂。

我猜就像人類修道這樣，一隻……很厲害的，修道貓？

「不大對，貓幹嘛修道？他們本身就是道……好像也不對……」荒厄又抬頭想了起來。

「……妳又冒煙了。」我朝著她的腦袋再澆水。

搞到最後，我還是不懂什麼是真貓。

當然，我對關海法抱著一定程度的敬意，但實在很難高到哪去。

當你看著一隻小黑貓玩了一個下午的毛線球還興致勃勃，攤著肚皮曬太陽睡覺……真的很難徹底地尊敬她，哪怕你知道她是敢叫南方炎帝傻大個的「真貓」。

真貓，真是一個難解的謎啊。

徐如劍不僅僅是加諸禁制，還破壞了若干風水（在他看是加強防禦工事吧……），我之前放的祭壇幾乎都完了，那是兩年多的成果，想到要重新來過我就疲倦。

我對風水又學得不怎麼樣，完全是靠本能。幸好老大爺指點，原居民幫忙，進度才快一點。但學校刮起新的謠言，說咱們學校成了三途川，每晚都有鬼魂在疊石頭。

……同學，三途川在日本。你不要遷移的這麼順。

校長去朔的家探望失神的徐如劍，卻又有了新的誤解。他嚇得發抖，抓著我打躬作揖，「咱們學校的居然凶厲到這種地步！連專業人士都不行了……」他快哭出來，「林默娘同學……我是說林蘅芷同學，請妳辛苦些，繼續打工吧！」

荒厄笑翻過去，雖然難堪，但我沒說明真相。算了，誤會還比較方便，省得解釋。

我又接下打工了。這次我不敢嫌累，盡心盡力的將學校恢復舊觀。老魔那兒的禁制最棘手，徐如劍知道老魔最大咖，加的禁制不知道幾百層，比拆地雷還累。還是唐晨耐心慢慢拆，拆了三天才完事。

老魔憔悴狼狽，自尊甚高的他被監禁已經太苦，又折辱成這樣，我都忍不住掉淚。

「丫頭，有什麼好哭的？」他老大不自在，「又沒死。」

「……對不住啦，老魔先生。人類不知道要尊重……還這樣橫生折辱。」

他更不自在，粗聲說，「是道家不知道尊重，又跟妳無關，哭什麼哭？煩！」

藉口要休息，把我們轟了出去。

我翻譯給唐晨聽，他笑了。「……果真眾生有情欸。」

「……是呀。」

直到徐如劍清醒被朔趕出去，我還抱著未癒的病體在校奔波，十停裡還完成不到兩停。

但我不敢喊累，一點點都不敢。

當然啦，徐如劍那樣「精采」演出，朔泰然自若的見招拆招，實在讓我跟唐晨嚇壞了。

但事後朔和世伯什麼都沒說，你想我和唐晨那麼害羞的人，怎麼可能白目到去問長輩這種事情？

只有回我和唐晨趁著難得的冬陽晃著鞦韆閒聊，隔著樹籬，聽到世伯和朔在說話。

「人太有魅力，也是很傷腦筋的呢！」朔淡淡的說。

「……可我什麼也沒做呀。」世伯的聲音聽起來真的很傷腦筋，「他算是小我三屆的學弟，連話都沒跟他多說過，唉……」

朔笑了，「就是什麼都沒做才這樣兒，哪挂得住你又做什麼？」

我和唐晨對視一眼，雖然不應該，還是收斂聲氣，從鞦韆上站起來，伸長脖子看著樹籬那頭。

坦白說，朔和世伯相處一直都是淡淡的，從來沒看他們有什麼濃情蜜意。現在他們同在香草園，既沒牽手，也沒擁抱。世伯只是拿掉朔髮上的一片樹葉，若有似無的從她手臂順著滑下去，朔撥上自己垂下的頭髮，回眸一笑。

不知道為什麼，我跟唐晨像是兩隻煮熟的龍蝦，紅透了。縮著脖子，躡手躡腳的悄悄兒逃回屋裡。

這比別人扭股糖似的纏在一起法式深吻讓人更臉紅心跳。

我們兩個尷尬死了，默默無言。唐晨清了清嗓子，「呃，妳覺得三英戰呂布，真的有這回事嗎？」

實在是他跳tone跳太大，我轉不過來。好一會兒我才明白，他轉個不相干的話題，想捱過這種尷尬。但也太硬了吧？我笑出來。

「當然有啊，不過應該不是劉關張。」我說。

「要有根據才能說這話唷！」唐晨的臉頰還有淡淡的紅。

「來啊，」我對他伸伸舌頭，「我查給你看。」

後來我們相約去圖書館，站在書架旁邊，邊查書邊小聲的鬥嘴。

朔真是個迷人又可惡的巫婆。一面跟唐晨鬥嘴，一面悄悄的泛起笑意。我想世伯堅持那麼久的城牆，應該陣亡的很心甘情願吧？

但世伯還是沒留多久。他含糊的說，離開台南久了，要花更多時間去禁制，不穩定的變因會更多，非回去不可。

他依舊抱了抱我，靜默了幾秒，害我熱淚盈眶，又摸了摸唐晨的頭髮，這才平靜的跟朔道別，走了。

朔倚著門，靜靜的看他走。什麼吻別啦，依依不捨啦，通通沒有。他們是老輩人嘛。

但不知道為什麼，朔倚門看著世伯背影的模樣，卻比什麼都感動人。像是什麼又酸又甜又苦的東西在心底打翻了，卻平靜的交融成一片。

＊　＊　＊

原本以為，徐如劍應該就這樣走出我們的生活，再也不會見面了。畢竟他的道行盡廢，炎帝還不知道要怎麼罰他呢，儘夠一忙，應該沒有時間來關心我們這些小人物。

在一個即將放寒假的清晨，我和唐晨正在前院忙。我正拿著竹掃把在掃地，唐晨渾身髒兮兮的正在換機油，保養他心愛的哈雷，荒厄唧唧聒聒正在講某山的大王想娶狐娘子當第八房小妾，卻被狐娘子使巧計，差點被元配和七房小妾打死的八卦。

茫茫然的抬頭，我看到徐如劍站在院子的鏤花鐵門前。

我尖叫一聲（畢竟心靈受到很大的創傷），荒厄晃地一聲飛起來，她經過那一役傷還沒全好，原本金光黯淡，現在亮得像個菲立普，鬥氣沖天，唐晨一骨碌的爬起來，奪了我的竹掃把擋在我們前面。

我？哈哈……我很俗辣的躲在唐晨背後，抖衣而顫。（遮臉）

「你來幹什麼？」唐晨大喝。平常覺得他溫和文氣，這種時候才意識到他是男生。

這時候我才發現徐如劍精神萎靡，像是大病了一場，走路都搖搖晃晃的。但他依舊鄙夷的看了看我和荒厄，只是默然不語。

「呃，小晨，別緊張。」世伯有些尷尬的說，「先把竹掃把放下。」

這才看到世伯跟在後面，還有一個西裝筆挺的老爺爺。是說這年頭結領結的人不多，最少我很難得看到。

鬚髮俱白，眼神凌厲，但除了不可免的魚尾紋，肌膚光滑，像是少年。但他凌厲的眼神只保持到看見荒厄之前。

一看到荒厄，我只想到看見肉骨頭的狗，他撲過來將唐晨推到一旁，眼睛冒著掐得出水的溫柔，「多麼溫淨美好的淑女！我可以知道妳的芳名嗎？」

溫淨？美好？但他伸手的方向是荒厄沒錯啊……我還不知道荒厄可以湊得上這四個字。

「……怎麼辦？」我有些憂心，這老爺爺太奇怪了。「別回答他好了。」

「我還怕這些牛鼻子不成？」荒厄一挺胸，對著他傲慢的說，「荒厄。」

接下去的發展，在場的人臉孔都有點發青。

老爺爺將手伸到空中，單腳旋轉了一圈，雙手抱胸，「這是多麼美麗的名字啊。讓我心底充滿了幸福甜美的況味……」

荒厄差點從我左肩滑下去，我和唐晨一起張大了嘴。

「師父！」徐如劍中氣不足的喊，「別這麼丟臉好嗎？」

「師兄啊……」世伯的臉微紅，「那是我小徒的式神，請你控制一點好嗎？」

……這不會是我師伯吧？

「小徒？」師伯眼睛轉向我，我覺得像是被貓盯上的老鼠，全身的寒毛都要豎起來了，「虛柏你怎麼……」

「請不要怪伯伯！」我忘記害怕，「伯伯收我是有緣故的……」

「我當然要怪虛柏哪！」師伯一把抓住我的手，「居然把這樣的璞玉藏起來！這樣未經雕琢，這樣的惹人憐愛……還是來當我徒兒吧，親愛的。」

「師兄！」世伯提高聲量，「別把你的魔爪伸向蘅芷，那是我徒兒呀！」

唐晨鐵青著臉將他的手拔開，順勢握了握，「伯伯你好。」

「師兄，這是我至交的……」世伯正要介紹，師伯敷衍的打斷他，「好好好，隨便……兩位可愛的小姐，要跟我出去兜兜風嗎？」

……這真的是我的師伯，世伯的師兄嗎？我猜在場的人應該都浮出相同的疑問。

還是朔壓得住場面。她聽到騷動走出來，大眼睛流轉，光是這樣就鎮壓住囂鬧。她看了看世伯，世伯摸了摸鼻子。

師伯怔怔的看著朔，「這個美人兒……」

世伯正色，「師兄，朔是我的共修。」只有耳朵的一點點紅洩漏了他的心情，但神情一片坦蕩。

朔平靜的一笑，伸手給師伯，「是，我是虛柏的共修。」

師伯失神的握了握，停了幾秒才放手，一臉失落。「照理說，朋友妻不可戲，何況兄弟妻。」他眼角含淚，「但我好想不客氣……」

「師兄！」「師父！」世伯和徐如劍一起吼了起來。

這位色狼似的老爺爺，據說是世伯的大師兄。這也是我第一回知道，原來他們師門並不全是出家人，還有種「火居道士」，是有家有業的。

這位大師伯，就是火居道士，據說女朋友多到需要用卡車來載，而且是十輪大卡車的程度。他不但結過婚，還結過三次，現在是單身狀態，不過沒有小孩。

「如劍就是我的小孩，哪還需要什麼小孩呢？」他害羞的說。

「我並不想當你的小孩！」徐如劍對他喊，氣得發抖。「我根本不想當你這老不修的徒弟！我想要的是虛柏學長呀！」

師伯眼淚汪汪的看著他，「你怎麼這樣傷我的心呢？虛柏那個笨到出家的傢伙有什麼好？我不是帶你去過舊金山？你喜歡什麼樣的自己挑啊，幹嘛非要那笨蛋不可？」

「我不是喜歡男人！」徐如劍一拳打在桌子上，「我喜歡的只有虛柏學長啊！」

世伯默默的喝茶，朔自然的坐在他身邊，將手搭在他的手臂上。這麼簡單的動作，就讓徐如劍抱頭大叫。

我要說，朔真是厲害的角色。

唐晨和我走也不是，不走也不是，如坐針氈的低頭喝我們的茶。

「如劍，別胡來了。」世伯斥責，「你不看看師兄為了你的事情四海奔波劬勞，也該有點尊重長上的態度！」

這比聖旨有用，徐如劍一臉痴迷的低頭說是，乖得像是小學生。

世伯雖然外表看起來鎮靜，但我覺得他大約寒毛直豎。

「對喔，我差點忘記我來幹嘛了。」師伯撓了撓腦袋，「太久沒感受到這麼華麗的氣氛了……」看到世伯在瞪他，他才咳嗽一聲，「不知道能否求見真貓？」

朔淺笑，「疼寵晚輩，在所難免。但我記得有句台語俗諺說，『寵豬抬灶，寵子不孝』。」

我和唐晨死忍百忍，忍著不笑出來。巫婆一直都是很愛記恨的，看在世伯的面子上，忍受徐如劍喊喊叫叫，但怎麼可能不加以報復。

世伯喝茶掩飾彎起的嘴角，但師伯卻大笑特笑，讓徐如劍發青的臉幾乎發黑。

「我終於知道虛柏這石頭堅持幾十年，怎麼會突然有了『共修』。」師伯眼睛閃閃發亮，「朔小姐，妳真的好迷人。」

他拍著徐如劍的頭，「是啦，這小子死心眼又硬邦邦，教這麼久，只學全了我的術，記了一肚子沒用的戒。但他還是我徒兒。所謂教不嚴，師之惰。他有什麼錯處，到底是我不好……」

「才不是！」徐如劍吼出來，他死盯著桌子，「是我覺得你那套太婆媽，斬草除根不就好了？是我自作自受，拜託你不要拉在自己身上好不好?!」

朔按著唇，微歪著頭看徐如劍。「原來還有救啊。」

「妳都說有救了，我也不好說不救呢。」趴在窗台睡覺的關海法打著呵欠說，「你要怎麼打動我呢？秋夜松濤？」

師伯一凜，望著關海法好一會兒，「……真貓果然犀利。」他拿出一個小匣子，裡頭擺著兩丸異香異氣的藥丸，「以此為禮，魅璃丹。」

「哦喔……」關海法抿了抿嘴角，「你做足功課呢。」

師伯低頭微笑。

「讓他重新修煉吧，廢掉的道行絕對不還他。」關海法淡淡的說，「頂多我跟傻大個說情，不再罰他。但他若有絲毫劣跡吹到我耳底……還是砍掉重練比較好吧。」

師伯大大鬆口氣，「謝真貓大恩。」

「別再來找我，找我協議就不算了。」關海法一臉厭煩，「這兒又不是菜市場。」她跳出窗外。

後來我才知道，那個什麼魅璃丹的，是妖族的金丹妙藥。那兩丸各給了我和荒厄。原來關海法是看在我們份上才勉強插手的。

但拿著妖怪的藥，我心情真的很複雜。是說我淪落到得吃妖怪的藥才行的地步嗎……？

但那丸藥真的完全治好了荒厄的傷，她還得意洋洋的說，她可以再往上修一層，效果比唐晨的血還好。

我？我吃了沒什麼感覺。但的確保了一季平安，沒生什麼病了。

師伯住在我們這兒兩天才走，唐晨又抱著棉被過來，把房間讓給他們師徒。

「……我想你跟他們擠一擠還可以吧？」一面掛帘子，我心底一陣無奈。

「不行。太危險了。」唐晨沉下臉，「那個色狼萬一摸進來怎麼辦。」

那是客套話好不好？拜託你不要這麼認真……

但第二天，唐晨更幾乎氣炸。

師伯主動提議要去幫我看看學校風水。世伯搖頭，「蘅芷，別理他。你師伯收費是土匪級的。」

師伯含著食指，眼淚汪汪，「師弟，你怎麼這麼講？我也是看人收費的。」他害羞的扶著臉，「如果荒厄和小芷願意在我臉上親一下……我就幫他們學校做『人鬼分道』。」

朔睜大眼睛，「如果我親你一下，你也願意幫我做嗎？」

「朔！」世伯叫了起來。

「雲濤道長的本事，是非常有名的呀。」朔撐著臉笑。

師伯幾乎要樂歪了，嘟著嘴指著，「這裡這裡……」

朔笑著搖頭，在他額頭上親了一下。

「雖然有點偏差，但還是很不錯啦……」師伯熱切的看著我和荒厄，「小姐們？」

「親就親，怕你麼？」荒厄被師伯捧得超樂的，她啧啧的親了好幾下，師伯的神情像是要飛上天了。

「小芷小芷，這裡這裡……」他又嘟著嘴拚命指。

我乾笑，大家都親了，我也不好說我不要。硬著頭皮，我在他臉皮快如閃電的啄了一下。

「啊，我真是世界上最幸福的人……」師伯癱在椅子上，發出奇怪的呻吟。

……他真的是我師伯嗎？

但這件小事讓我和唐晨吵了一架。說吵架，其實是他單方面暴跳，我根本不知道他在生什麼氣。

總之他一直說師伯是壞人，我不該去親他什麼的。我跟他爭，只是在臉皮啄一下而已。朔都這樣推薦了，若是親一下可以保學校平安，我不覺得有什麼關係。

「……妳真的覺得親一下沒有關係嗎？」他沉下臉。

「本來就沒有關係呀！」我氣氣的回他。

然後他硬把臉湊上來，我趕緊架住他，一面往後退，一直退到牆壁，我才驚恐的發現他是男生，力氣非常大。

「唐晨，你再鬧我要生氣了！」我快被嚇死了。

但他不再湊近，反而驚駭的撫著我的臉……上面的細鱗。我不自在的別開頭，他卻硬把我的臉扳過來。「為什麼……」

除非用摸的，不然看不出來吧？我的手和腳，細鱗非常非常的軟，跟皮膚沒什麼兩樣。但臉孔的細鱗不太顯，用摸的卻可以感覺到異樣。

「整個臉都是了。」他的眼神讓我很尷尬，像是我得了皮膚癌末期。

「全身都是呢，何止是臉。」我粗聲，想推開他，「別摸了，很癢。又不痛，別管了。」

他緊緊的瞅著我，讓我心慌。「……我比較偏妖怪的體質了。那沒什麼。」

靜默無語片刻，他突然把我抱個滿懷，我猜我全身毛髮都立正了。奇怪的是，我沒發蕁麻疹。

大概是接觸過敏源接觸太多了，所以過敏也就過去了。

他低低的哭起來，心疼的。

「……哎唷，真的不會痛啦！」我肺裡的空氣都快被他擠出來了，「我不會變成妖怪的，放心吧！」

不過這個時候我才知道，原來他還長得滿高的，我才到他的下巴。

事後唐晨一直道歉，懊惱得幾乎吐血。他說他不知道為什麼突然暴躁起來，不是有意的。

「……就說沒事了嘛！」我都不好意思起來，「你真的很過意不去，拉個大提琴給我聽吧！」

他真的去把大提琴扛出來，坐在後陽台拉給我聽。但拉什麼都好，為什麼又是

「望春風」呢……？

隔天我跟師伯一起去學校，我不得不驚嘆，果然是朔另眼看待的高道，他比徐如劍厲害很多，但手段溫和柔軟，充滿敬意和溫柔。

因為是墳山，人比鬼多，所以一直都有人鬼混雜的情形。讓他作法修改後，人鬼分道，各有所棲，卻又不會破壞平衡。

他上山第一件事情是去拜見老大爺，簡單的做了一個建醮，原本有幾分氣的老大爺都私下跟我說，這道士是有德的。

之後他第二站去了老魔那兒，立了科儀，上薦文，安慰撫卹一番，連老魔都心平氣和了。

原本我十停裡做不到兩停的恢復工程，他只花了一天就完全，手法瀟灑豁達，還一面跟我解釋如何維持和看護。

他的確是個色狼，嗜女人如命，慕其顏而愛其形。但他對天地萬物也看成是他最愛的女人，這樣溫柔蜜愛。

原來這也是一種「有德」。真是非常特別。

經他這麼改動，這個學校的氣變得這樣溫和。如果說我的見鬼度是十，那只要刻度在五以下的人，就看不到任何鬼魂了。而刻度五以上的人本來就不多，現在看到也分外朦朧和模糊，更去掉心頭的恐懼。

太厲害了，師伯。

忙到傍晚，我們才準備下山。「我們該回去啦，妳那男朋友大概暴跳如雷了。」邊喝著芬達，師伯對我擠擠眼。

荒厄得了丸藥，正在家裡心滿意足的修煉。而師伯堅持和我單獨上山，唐晨敢怒不敢言，只好悶悶的留下。

我乾笑兩聲，「師伯，唐晨不是我男朋友。」

「莫不是妳也要跟我那石頭師弟出家去吧？」他嚷，「那笨蛋！只以為情纏繞孽緣，殊不知情也可疊加善緣。真是石頭腦袋……瞧瞧他現在，跟他共修是善緣孽緣？小芷，妳說呢？」

大人的事情，我怎麼好說話？「呃，我……我缺乏可以修煉的體質。」

他瞟了我一眼，「但妳做著修道人的事情。」

「那、那是……」我小口喝著運動飲料，「那是我很喜歡這個學校。而且……我想替荒厄積點福報。將來我若死了，她還可以修煉下去……說不定還有機會得正果。」

他眼角含淚，突然把我抱住，不管我嚇得哇哇大叫，「小芷，妳怎麼這麼可愛……」

等我好不容易掙扎出來，他摩挲下巴，「沒得正果也沒關係吧？活得開心就好。本來我聽說虛柏收了個半妖弟子，又跟巫婆成了共修，心底還覺得奇怪……看到妳們，我完全了解了。」他扶著臉，一臉害羞，「我們那個石頭師弟，終於真正了解女人的滋味了……」

……這個師伯實在是……

「我和虛柏比較像師父，但我的二師妹和三師弟就是恐怖的正經人了。尤其是二師妹……她到現在還覺得赤眼狐娘搶走師父呢。」師伯搖搖頭，「女人這麼可愛，但嫉妒起來就非常恐怖。我實在不了解師父和赤眼狐娘共修有什麼不對啊……」

等等，等等。你說是……世伯的師父還跟妖怪共修過？

「赤眼狐娘到現在還很懷念我師父呢。常說像我師父那麼帶勁兒的男人世間真的沒有了……」

……是說你們這些道士是怎麼回事呀?!

我對「高人」原本崇高的想像碎裂得一點都不剩了。

師伯走的時候，荒厄很失落。

「……真是個好男人呢。」她咬著翅尖，非常不捨的說。

「荒厄！」我嚇壞了，「他可是結過三次婚！」

「我又沒要當他老婆。」荒厄喃喃著，「他可要活久一點，我才來得及學會變化人形，好跟他討教房中術呀！」

「夠啦！」我掩住耳朵。

「咦？蘅芷，妳也該開竅了吧？」她不滿的噴氣，「連我都會動心，妳還不動？跟唐晨睡覺妳也裹得跟蠶寶寶一樣……好歹妳也稍微給人一點機會好唄？若是遇到他的發情期就賺到啦！反正大學三年級懷孕也不算什麼，畢業照還可以多抱個孩子啊！蘅芷，妳要去哪？我還沒說完……」

我決定今晚去小辦公室過夜，跟老魔聊天也好過被荒厄聒噪這些。

越來越奇怪的唐晨，和越來越煩的荒厄。為什麼情形會有失控的趨勢呀！

抱著腦袋，我真想不出來。

之七 聚散

像是把所有的厄運都集中在上學期，寒假一到，居然平靜無波起來。

唐晨一直要邀我回去過年，但世伯說話了，他也不敢違背，一臉失落的收拾行李回台北。

我第一次過了真正意義上的年。

我的家庭關係非常冷淡，即使後媽在的時候，老爸總是控著臉，年夜飯也是冷冷清清、如坐針氈。後媽過世之後更是每況愈下，最後搬出去住，我索性不回去，他們反而比較開心。

上了大學，頭兩年的寒假都在朔家裡過。妳知道的，朔這樣的人沒什麼年不年的概念，我們都當平常日子過了。

我一直以為年啊節啊，是有家的人才會有的，跟我這種人一點關係也無。

但我寒假到世伯的家裡，世伯已經在離他家不遠處買了一個挑高的小套房，把鑰匙交給我，淡淡的說，這裡就是我的地方，只要想來就可以來。

「等我百年之後，這套房就是妳的了。」他摸摸我的頭，「不管發生什麼艱困，這裡都是妳的立足之地。」

那把鑰匙像是會燙人，我拿著會發抖。「……伯伯，我不敢要。」

他真的不用如此。他給我的已經太多太多了。

世伯淡然一笑，「我是出家人，積聚財貨本來就不對。但在凡世行醫，又不能不收點診金……不然讓其他醫家怎麼生活呢？我原本就打算過世後就將所有財產都捐出去。妳是我唯一的徒兒，留個餘地給妳有什麼不對？收下吧！」

「……我甚至連修煉都不能。伯伯，我當你的徒弟是不合格的……」

「蘅芷啊，妳這麼說是不對的。」他遞了手帕給我，「我又不是江湖術士，只知道『術』。術很容易，有點天賦就會了，沒什麼了不起。重要的是『道』。這點妳學得比誰都好，我是很得意有妳這樣的徒兒的。」

……其實我什麼也不會，也沒做些什麼。原本只是含淚，卻握著世伯的手帕，像個小孩子般號啕大哭。

我一直渴望的「家」，居然用這種方式，放在我掌心。

那是一個很溫馨的寒假，我頭次吃到這麼好吃的年夜飯，過得這樣安心快樂。除了荒厄莽莽撞撞的去惹到世伯嚴謹看守的「大風」，燒掉一身羽毛外，真的沒有其他事故。

但世伯不跟我講明他在看守什麼，我也不想問。

只是荒厄覺得很丟臉，嚷了幾天要去深山修煉，還真的去了。

她要走的時候，我很驚慌。「……好端端的，做什麼要去什麼深山？」

「蘅芷，人世太多干擾，我的進度太慢，沒辦法徹底消化金丹。」她的表情很堅決，「妳不懂，這樣一顆金丹可遇不可求，我都以為是傳說中的東西，不存在呢！好不容易得了這個機會，不把握就沒有了。妳放心啦，妳出什麼事情我也感應得到，千山萬水我也會回來的。」

然後她就走了。

她這一走，好一陣子我走路都不平衡。有了什麼事情，我也會回頭說，「荒厄……」才想到她修煉去了，連心智都沉眠。

我想，這可能是我憂鬱的開端。但這時候還有世伯和朔陪著，不太顯，所以還可以壓下來。

開學後，唐晨又在我身邊，所以我偶爾冒起來的憂鬱，還可以有紓解的機會。直到往事逼到眼前，我才知道憂鬱可以壓抑，卻會漸漸內化，越傷越深。

這個時候，已經非常嚴重了。

開學後，因為金丹的效力和師伯的手澤，我有陣子身體狀況良好，學校也平安，打工成了例行公事。

一切看起來都很好，但我不知道為什麼心情低落。

「大概是荒厄不在吧。」唐晨盡心安慰我。

一個寒假不見，我才發現他比起大一時差很多。當時還是個俊秀文氣的男孩子，才一個寒假，發現他肩膀寬了，眼神成熟了，原本有些女氣的臉孔線條也剛毅起來。

已經是個不折不扣的男子漢了。

說不定他早就是這樣了，只是天天相處，我沒發現。現在他是大三的學長，即使我們的八卦傳得亂七八糟，還是有許多學妹會藉故接近他，吸引他的注意。

他耐性而小心的應對，私下會說他覺得疲倦。

「你乾脆當中選一個。」我勸他，「大三了，也要想想以後的事情。現在開始培養感情，將來考慮結婚也比較不會倉促。」

但他勃然大怒，氣得臉都青了。「蘅芷！我再也不要聽妳說這種話！我若勸妳去交個男朋友，妳怎麼想呢?!」

我瞪著他。突然心臟隱隱作痛。是呀，唐晨若一直要我去交男朋友呢？就算知道他是好意，但我怎麼有種……有種……被拋棄的感覺？明明我們只是知己好友。

但各交了男女朋友，還能如這般親密，言和意順嗎？

「……妳別哭呀。」他慌了，「對不起，我不該對妳發脾氣……只是我聽妳這樣講，覺得妳硬要跟我生分……」他別開頭，「像是心頭割了幾刀。」

我勉強忍住淚，「是我該說抱歉，沒顧慮你的感受。」我低頭了。

我們並肩默默的走著，那天回家他刻意在山路奔馳了兩趟，我也沒阻他。

但我心底很淒涼。所有的相聚，都有分離的時候。我和唐晨都大三了，再一年多就畢業。到時他得當兵去，我還不知道要漂流到何方。要像這樣親密，是不可能的。

他又不是我，總有天會成家立業，哪個女人肯讓老公有個異性知己？到底還是得各自懸念，各奔前程。

原本以為，我到底還會有荒厄，現在看起來真是太自我了。荒厄修煉到這種地步，根本不用等我生下來。她親友眾多，不是妖怪，就是私神。她還在我身邊是因為不捨，並不是必要。

我早該放她去修煉，卻自私的強留到不能留為止。

這樣推論下去，朔和世伯也終究與我相別，真的是「相聚趣，離別苦」。

那天晚上，我在房裡偷偷哭到半夜。荒厄意識遲鈍的觸碰我，我卻安慰她只是經痛，就嚴謹的立起高牆，不讓她知道我自私的傷痛。

她現在正是要緊關頭，我打擾她作啥？什麼都沒得回報，這點體貼也沒有？

但我還是抱著膝，緊緊的壓住聲音，望著窗外的捕夢網哭足了一整夜。

*　*　*

第二天我打起精神，下樓去了。

朔起得早，望了望我。我有些不好意思的躲避她的眼光。

拿著掃把，她淡淡的說，「有聚就有散，不是生離，定當死別。」

被她這麼狠狠地戳了一下，原本停住的淚幾乎又要衝出來，她卻笑了笑，攤了攤手，「妳終究要面對的。」

我想說些什麼，只是梗在喉裡說不出來。唐晨跑下樓，一面嚷著，「遲到了遲到了！我忘了早上教練約我打網球！」

他的出現像是一道金光，劃開了我心頭沉重的陰霾。

「走吧蘅芷，打完網球我請妳吃早餐……」他拉我的手臂，「妳眼睛怎麼了？」就要抓我的臉。

「你做死呀，幹嘛動手動腳？」我把臉一別，拍他的胳臂。

「現在才知道計較啊？」他笑得一臉粲然，跟我打鬧起來。

他在我身邊的時候，像是可以把那種憂鬱逼到最邊角，幾乎可以忘記。

我抓起書包，決心暫時不去想。而唐晨可怕的騎車技術，也的確讓我要想也想不起來了。

那天下午，有個校際網球友誼賽，唐晨要出場，所以我得去等他。

但到底是什麼比賽，跟誰比，為什麼比，真的不要問我。我這種接近世外人的傢伙，連搞清楚同學之間錯綜複雜的稱謂就很辛苦了，哪有辦法去管到什麼活動去。

唐晨卻非要我到場觀看不可。他說我如果不去，學妹一湧而上，會搞得很煩，所以要專業擋箭牌來坐鎮。

有什麼辦法呢？都生死兄弟了，就算看他打了幾年我也不懂網球得分的規則，還是乖乖坐在觀眾席打呵欠。

我只知道唐晨打贏了，現在的女孩子大膽又熱情，死會都想活標了，何況只是擋箭牌。所以我還是被擠到一旁，和唐晨隔了段距離。

正耐著性子等唐晨脫身，外校的選手遲疑的看著我，「妳是……林蘅芷？」

我驚愕的看高頭大馬的他，像是觸動一點點什麼，卻模糊的抓不到。「是。你是……」

「我是林少文呀！」他一臉興奮，「老天，妳變好多！變成……這麼斯文的美女了。記得嗎？我們國中是同個資優班的！」

我大概臉孔的血液都跑光了。「……就是你帶頭，在我上樓梯時，鳥獸散的那一個。」

「哎呀，妳還記得啊？」他搔了搔腦袋，「小時候不懂事嘛。那時候妳又黃又瘦，人又奇怪。沒想到妳現在這麼白皙可愛！妳有沒有電話？還是msn？老同學了……」

他的嘴一開一闔，我卻聽不懂他說什麼。

林少文。是呀，我記得他。那時我和荒厄處得很糟糕，後母又過世了。但我的智力測驗卻達到高標，被編到資優班去。

那時的林少文就已經很帥了，還是班上女生偷偷喜歡的對象呢。我也喜歡他。是呀……我並不是一開始就這麼冷情。尤其是失去了後母的疼愛，我更急著抓些什麼在手底。

那時真的是好小、好無知。林少文願意跟我說兩句話，我就一心喜歡他呢，還把心情偷偷寫進課本裡。

荒厄怎麼會放過這樣的好機會？她把我的課本和林少文的交換，林少文在班會上大聲朗誦我那些心情，還讓老師記了我一支大過，因為我「偷」了林少文的課本。

因為這件事情，我被欺負了兩年。每天他們都會守在樓梯口，看到我上樓就做鳥獸散。誰也不要跟我同組，不管是實驗還是體育課。若有哪個男生敢跟我說上一字半句，就會被羞辱。說不要臉、談戀愛，還有許多污言穢語。

我也是人，我也需要情感的滋潤。我當然也有會喜歡人的時候，當被寂寞這樣可怕的野獸啃噬得幾乎死掉，當然也會想抓住些什麼。

但我被教育得這麼好，這麼好。教育到……教育到寧可讓寂寞吞噬殆盡，寧可終夜痛哭，也不去伸手祈求什麼。尤其是我意識到情愛背後往往只有污穢和遺憾之後，更是如此。

「……蘅芷？」唐晨搖了搖我，「怎麼了？」

我這才清醒過來。我剛剛有失禮嗎？我有失態嗎？應該沒有吧？因為我覺得嘴角彎很僵，唐晨才看得出我的失神。

「林蘅芷，妳還沒給我電話和msn呢。」林少文不依不饒的問。

因為他沒有防備，所以我啼笑皆非的讀到他的心。這個頭腦簡單的傢伙，只覺得那種「欺負」只是一種遊戲。當年醜陋陰沉的少女，變得顏面光滑、身材骨感的苗條，他又對不死軍團般的女生特別有愛好，體重越輕越好。

「為什麼蘅芷要給你？」唐晨的眼神冷下來。他這個擋箭牌真是專業等級的，「我們回家吧！」他拉了我的手就要走。

「林蘅芷！」林少文不滿的叫。

「……他是我最重要的人。」我比了比唐晨，聳聳肩，「我跟他住在一起。」

他張大了嘴，看了看唐晨，又看了看我，滿腦子冒出淫邪污穢的影像。

我跟著唐晨走了，卻覺得非常冷。

當往事像鬼魅般撲上來時，比什麼風邪都厲害，一直冷到骨髓裡。

回去以後，我藉口頭痛，回房洗了好幾次的澡。

到底洗了幾次我也不清楚，我只覺得手腳的皮膚都皺了起來，甚至有點脫皮。但我覺得還是沒洗乾淨。

非常丟臉，並且自甘墮落和下賤。林少文是第一個，但我之後還暗戀了幾個，結局都差不多的慘。但我也必須逼自己承認，年少時我也曾春心暗動，意淫過別人，直到我完全被教育成功為止。

非常髒。

我又打開蓮蓬頭，站在水柱下發愣。但再怎麼洗，就是無法洗掉往事的污穢感，反而像是一件骯髒的溼大衣，將我裹得緊緊的。

幸好唐晨不知道，知道的話，他會怎麼想呢？

水珠流進我的眼睛，一陣陣刺痛。

這個時候，所有的憂鬱跟著不堪的往事一起爆發起來。原本的隱憂和煩惱，突然變得很清楚。

我喜歡現在的一切，不管是誰，我不要改變。但終究還是會散，不是生離，定當死別。但我很害怕，我這樣心智軟弱。

若是我屈服於寂寞，就像年少般。若是我傷害了唐晨和我的美好友誼呢？如果我因為害怕寂寞而發狂，用什麼污穢的關係試圖綁住唐晨呢？

一想到我把唐晨和林少文放在相同關係，我就想吐。

頹然的，我溼漉漉的走出浴室，包著浴巾坐在床沿。不用洗了，洗不乾淨。寂寞疊著憂鬱和往事，一起撲了上來。我覺得沉重，並且寒冷。我一定得找人說說話，我一定要談一談。在我自殺凝固這刻的美好和純潔之前，一定要找人阻止我。

「荒厄……」我轉頭看著左肩，空空如也。而我，淚凝於睫，只能吞下去。

拿出手機，我苦笑。或許事後會覺得荒謬和白痴，這樣鑽入死胡同。但我忽視憂鬱太久，已經成了大患，卻沒有一個密友可以訴說解憂。

我跟唐晨這麼好，還是性別各異，說不得的。

正想闔上手機，卻看到玉錚的電話號碼。這還是從唐晨那兒「偷」來的呢。但冒冒失失的打過去……真的好嗎？

掙扎了一下，我撥了號碼，馬上就有人接了。「喂？」玉錚的語氣很凶。

「呃，我是蘅芷……」我顫顫的說。

「蘅芷！」玉錚的聲音帶著哭聲，「我正想打電話給妳！但我沒妳電話，打給小晨問又怪怪的……」

「怎麼了？」我嚇到了。

「我要旅行！我受不了啦！」她很凶的說，「妳也來吧！高雄好了，現在應該有班車！」

「為什麼……」我才說三個字，馬上被她打斷。

「不管啦！我再也不要理這些沒骨頭的東西了！就是高雄了！我在高雄的高鐵站等妳！等不到妳我不回家！」然後她把電話掛斷了。

拿著手機發愣，我搔了搔頭。被她這麼一攪，原本糾結在一起的憂鬱居然散了不少。

高雄……嗎？

我無法解釋，為什麼快手快腳的把行李袋扛出來，亂七八糟的塞了幾件衣服和書，就打電話叫計程車。

我也無法解釋，為什麼不跟唐晨告別，我就偷偷出了門，只有關海法看了我一眼，我摸了摸她的耳後。

甚至我也不知道為什麼是高雄。

但我一定要走出去，不讓憂鬱和往事坑殺我，這點我很確定。

玉錚還比我早到，被她罵了好一會兒。她搭高鐵，我搭火車，速度差很多好嗎？

讓我驚訝的是，她眼睛腫得跟核桃一樣，跟我差不多。真是淚眼人對淚眼人。

「小晨拋棄妳唷？」她萎靡的問。

「……沒有！」我沒好氣的回答，心底驀然一酸，我低頭忍住淚。

「省點哭的力氣。」她拉我上計程車，「我剛甩了第三十六個男朋友……我呸！那種軟體動物也配稱男朋友?!」

……光聽她說話我就憂鬱不起來了。

她跟司機說，「歐悅汽車旅館。」

欸？「我我我……」我真的嚇到了，「我從來沒有去過汽車旅館……」

「放心，我常去。」玉錚抹了抹眼角的淚。

喂！妳這女人真的……

我真不敢回想怎麼進去的，一路摀著臉，玉錚看我這樣，也真的哭不出來，沒好氣的把我拖進去，幸好房間豪華透頂以外，除了燈光暗一點，沒什麼不正常的……

如果不要計較大到嚇人的浴室沒有門的話。

「妳別這麼沒見過世面好不好?!」她叫，從行李掏出兩瓶葡萄酒，「飲料都可以喝啦！冰箱也不會咬妳！拜託喔……唐晨沒帶妳去過？」

「我們沒那種『嗜好』！」我的頭髮都要豎起來了，可謂之怒髮衝冠。

「是……是有錯過宿頭住過……但但但是……」

那家汽車旅館內外都樸實，跟普通旅館沒什麼差別。而且我們是開車進車庫的，不是這麼大搖大擺，熬著服務人員的眼光，走進來。

而且這個豪華透頂的房間還有張奇怪的椅子，我發誓不是按摩椅，床頭還有四個保險套。

「這家還滿貼心的，『設備』非常齊全。」玉錚瞟了一眼，突然悲從中來，「但我不想跟妳一起住愛情旅館啊……為什麼不是個帥哥或猛男……」

……喂。

她倒了兩杯酒，和我一起坐在地毯上……開始吐苦水。

我們兩個都是巫，用不著很複雜的語言。所以她知道了我的憂鬱和痛苦，我也知道她和唐晨分手後，跌跌撞撞的愛情旅程。

「妳神經病喔？鑽牛角尖！」她嚷。

「妳還不是學不乖？」我頂她，「妄想在軟體動物群裡頭找男子漢。」

後來？後來我就記不太清楚了。我只記得我們倆抱頭痛哭，互相扶著去廁所吐了又吐，吐完又回來喝，一直喝到沒酒，連床都爬不上去，躺在地毯上就沒了意識。

半夜裡還模模糊糊的記得，我的手摸到光滑的大腿，結果兩個人都起惡寒，各自滾遠一些，又睡著了。

* * *

等我睜開眼睛，有幾秒不知道自己在哪。坐起來發愣了一會兒，只覺得腦袋裡像是有一百個小人拿著鐵鎚在敲我的頭。

昨晚真的喝太多了。我還沒這樣墮落過呢，果然學壞也是需要條件的。

我踉踉蹌蹌的走入浴室……然後發出一聲悽慘的尖叫，趕緊遮住臉。

「……叫什麼叫啊？沒心臟病也讓妳嚇出心臟病！我又不是男的，有什麼好叫的？」玉錚大剌剌的躺在按摩浴缸裡，「我身材很差是吧？需要這樣小家子氣？」

「妳這是哪一國的思考邏輯啊！」背對著她，我掩著臉，「妳快穿上衣服啦！」

「才不要。我才剛把水放滿而已。」我只聽到潑剌的水聲，「妳要一起來泡嗎？治療宿醉泡熱水澡最好了……」

「才不要！」我吼完才覺得頭更痛，「……我要上廁所啦！」

「妳上啊，還怕我偷看？想偷看也看不到啊，那是坐式馬桶。」

……我是哪根筋不對，會想跟她出門呢？

一直到我們走出汽車旅館，我還百思不解。

出汽車旅館之前，玉錚還抱怨眼睛太腫難上妝。

我沒好氣的說，「上妝幹嘛？好吸引更多軟體動物？」

她沉默了一會兒，「也對。」頹然的收起化妝品，「只是沒化妝好像沒穿盔甲似的……但也犯不著為了軟體動物穿盔甲，我又不是寄居蟹。」

……是說她的邏輯一直都很特別。

我們在高雄漫遊了幾天。說漫遊，是因為真的沒什麼目的和計畫。我們跑去旗津晃，搭了人力車，還去黑心海產店吃飯。但玉錚拿著帳單和老闆娘嗆起來，連民風剽悍的高雄人都怕她，唯唯諾諾的打折送我們出門。

就算連甩了三十六個軟體動物門的男朋友，讓她非常沮喪，也沒消滅女王的威風。這點我真是深感敬佩。

「……愛過那種不堪的人，妳不覺得……」我說不出來。

「我又不是妳。」她狠狠瞪我一眼，「是他們不堪，又不是我。就當摔了一跤啊，爬起來往前走就是了，我就不信遇不到我要的男子漢！」

往前走。對啊，我做什麼讓往事撲著就要死要活，往前走啊。不是走過那些自覺羞慚的歲月，我也不會遇到唐晨、朔、世伯，和玉錚。

因為我往前走了。

「沒想到妳還滿聰明的哪！」我笑。

「是妳神經病好不好？小事就在那兒糾糾纏纏。意淫就意淫又怎麼啦？飲食男女人之大欲，又沒去強暴……」

我紅著臉哇哇大叫，干擾她接下來要說的話。我忘記她跟荒厄非常像，尤其是口無遮攔的部分。

我是不是有被虐狂？荒厄修煉去，我就跟玉錚出來玩？沒人讓我尷尬，日子就難過？

想了很久，卻沒有結論。

＊　＊　＊

玉錚真的很會玩。她說第一次來高雄，事先也沒做什麼功課，但她就很本能的會找出夜生活。

不管是純喝酒的酒吧，還是熱歌勁舞的pub，她都可以找得到並且玩得瘋。我承認的確很有趣……但我的體力真的後繼無力。

她還在舞池魅力四射的跳舞，我已經攤在吧台上喘了。距離我們進來，不到十分鐘。

「我才剛熱身！」她的深染不滿的追過來。

我無力的對她揮揮手。饒了我吧，我這種身體不生病就已經太好，哪熬得住這種歌舞昇平的夜生活。能跳個十分鐘已經很了不起，別奢求了。

「那小心看著自己的飲料，別讓人在裡頭亂加東西！還有啊，別人請喝酒要拒絕，真的沒辦法就擠來我這兒……」

……我真的覺得她很厲害。可以一面跟好幾個猛男調情熱舞，還可以嘮嘮叨叨的要我注意夜店安全。

我又不是她，哪還惹來狂蜂浪蝶。她自己抱怨臉孔黃黃，素著臉就出門，但依我看，她這樣就夠漂亮了，輪廓優美深刻，經過昏暗的燈光，更增幾分豔麗，何必需要什麼脂粉污顏色。

聽不出來是什麼音樂，剛來的時候也覺得又吵又熱，但現在就覺得氣氛熱烈，大家都很開心愉快（雖然有點獸性），這麼吵雜的環境，卻有一種空白的平靜。

我說不定還滿有學壞的本質呢。

身邊的高椅突然有人坐下，一個黑老外對我露齒微笑，我想到黑人牙膏，忍不住也笑了。

我的英文很破，只勉強聽得懂他要請我喝酒。我搖搖頭，用破碎的英文謝過他。但他一直纏個不停，我很想嘆氣。

外國人審美觀不好，以為單眼皮就是中國娃娃，這我能了解。但我知道他在打啥主意，怎麼可能去喝那個鴻門宴。

我結結巴巴的說，我不能接受他的酒，因為他的女伴不高興。

「我是一個人的。」他裝出一副可憐兮兮的樣子。

鬼的英文要怎麼念啊？我比手畫腳，用破碎的英文盡力讓他了解，最後我比了比手腕，「戴個鏈子，上面是YSL……」我又比了比臉頰，畫出眼淚的模樣，

「有血……」

我猜他懂我的意思了吧？因為他突然站起來，極其悽慘的哇了好長一聲，就狂奔出去了。

那個戴著手鍊，頰上一行血淚，右側有些許腦漿外露的濃妝小姐，頗感興趣的坐在黑老外原本坐的位置，瞅著我。

夜店這些原居民本來就多，難道大家不知道嗎？

「呃，」我跟那位小姐點點頭，「要喝酒嗎？」

「很想喝。」濃妝小姐嘆氣。

我在幾乎沒動過的酒杯上面比劃幾下，奉請給她。她高興得不得了，一飲而盡，非常的心滿意足。

「太感謝了！」她大大的在我頰上親了一下。

我擦了擦臉頰，「不客氣，前幾天我也喝太多了。」

對待原居民的好處就在這兒，一杯酒可以請了又請，因為他們喝的是「心意」，而不是實質的酒。

只要觀想他們可以喝我眼前的酒，他們就能喝到。真把這些流連夜店的原居民樂翻了，圍著我唧唧聒聒的聊天。

濃妝小姐跟我說，她在夜店泡那個黑老外，不小心動了心，想威脅黑老外娶她，一個不小心就弄假成真。看到他在泡妹就不爽。

我乾笑兩聲。這麼悲慘的經歷，讓她說得像是黑色喜劇一樣。她本人還歡得很，隨著音樂搖頭晃腦。

「妳那個傷……」我指著她的頭側。

「快補好了啦。」她笑咪咪的，「我們家裡人有照顧我，只是我把紙錢都拿來美容了，搞到不能超度呢……」

……女人愛美這種天性真的是……死都改不掉。

可惜我學不來。

直到玉錚來他們才一哄而散。她真是精力旺盛，恢復又快。世伯封過她的天眼，我爆掉過她的天賦，現在又頑強的恢復了五六成，氣勢強到邪崇紛紛逃奔，避之唯恐不及。

「跟這些死鬼有什麼好說的?」她瞪我,「自己無心努力,只巴望著別人超度。我最瞧不起這種廢物。」

「……他們也不見得很愛超生啦。」我搔了搔臉頰,「……有看到什麼好的?」

「泡夜店的玩咖……」她聳了聳肩。

「妳跟唐晨不是來過高雄?」我有點好奇,她怎麼會說沒來過?

「……就、就下了火車直奔西子灣的旅館。」她有些尷尬的別開頭,「然後……妳知道嘛,他搞失蹤,我氣得回家去了。那不等於沒來過?」

女王幹嘛如此尷尬……我突然懂了。她雖然跋扈,但怕提起她和唐晨的往事,我心裡不受用。

我有點想笑,摸了摸鼻子。「其實唐晨也滿好的。你們不考慮……」

「妳有病喔!?」她狠狠地瞪我,「笑欸!」

這倒讓我笑出來了。

當晚玩到太晚，才想到我們還沒找到今晚的下榻處。我們都累了，隨便找了一家位於十二樓的賓館（……），就在pub不遠的地方。

或許就是太累了，我們倆的本能都遲鈍起來。我們玩了這幾天，都盡量住汽車旅館，要不就是整棟大樓都是同家飯店的，不去住那種只有一層樓或幾層樓是旅館的地方。

但實在累到四肢無力，所以沒有多想，就搭著陳舊的電梯上去了。

想想我實在過得太安逸，以致於失去了警覺性。

* * *

房間很小，浴室也很小。還好枕頭被褥都還乾淨，飲水機也還能用。

玩了幾天，我比較適應旅居的生活，不會大驚小怪了。我先去洗澡，出來時，玉錚只脫了鞋子，就倒在床上睡著了。

我用力抽起她身下的被子，也沒弄醒她，我鑽到靠牆那頭，蓋緊我們倆，眼睛就幾乎睜不開了。

但一直半夢半醒，睡不熟。

我一直夢見爸爸家的，名義上是我的寢室，那個套房。黃阿姨對我下過符，那時沒有絲毫武力的我，面對著天花板不斷傾瀉下來的「鬼流」。

叫天天不應，叫地地不靈。

我一直不太喜歡大樓。高樓大廈其實是一個封閉而詭異的空間，有許多錯誤的施工、互通的空間，在水泥封起來的表面，有迷宮似的通道和死角。

若屬於相同的業主，通常處理起來很單純統一，大部分都能處理的好。但大樓通常都是屬於許多業主的，這些業主通常不清楚自己的住處和相對應關係，而且業主們通常都還有自己的「業」，讓情形更複雜。

我在破碎朦朧的夢中漂浮，還夢見不久前遇到的濃妝小姐。她摀著半邊臉，對我大喊大叫，血和腦漿從她的指縫漏出來。

「起來！快離開！」我終於聽到她的聲音，也倏然驚醒。

我坐起來，玉錚幾乎同時也爬起來，按著唇，警覺的傾聽。

在空調單調的聲音中，一種拖行似的聲音，經過我們頭頂的天花板。

玉錚的氣勢很凶猛，不但如此，她還是個極度強運的人。

我不懂有什麼邪祟敢摸上門……何況感覺起來不只是邪祟，還有種強烈的毒味，像是消毒藥水。

我知道這樣說明很奇怪，但感覺和氣味就是這樣。

那個拖行的聲音像是在繞圈圈，徘徊猶豫。好一會兒，拖行的聲音緩緩的往隔壁房的天花板去了。

玉錚跳了起來，大大的罵了一聲「幹！」，就要衝出去。

「玉錚！」我趕緊拖住她。

「放手！」她大怒，「那東西要去吃隔壁的人了！」

……妳說破他的意圖，會沒事嗎？

玉錚還在跟我拉拉扯扯，轟的一聲，頭頂的冷氣孔撞得晃了一下，一雙可怕的眼睛透過冷氣孔，正在注視我們。

他忌憚著玉錚，眼睛卻貪婪的朝著我轉，我都聽得到他嚥口水的聲音了。玉錚不屈的瞪著他，伸臂將我護在她背後，一時之間，僵持住了。

到底食欲戰勝了恐懼，他大吼一聲，將冷氣孔的護欄扯到一邊，像是扯張紙似的，跳了下來。

有瞬間我糊塗了。因為我無法判斷他是什麼。

我見過那麼多異類，雖然沒親眼看過殭尸，到底還有點概念。但眼前的這隻……或許外觀和舉止有點像，實質上是不同的東西。

與其說他是隻殭尸，不如說是個科學怪人，而且非常飢餓的渴食血肉。他的眼睛拚命的跟著我轉，我猶豫著要不要呼喚荒厄……謹慎的探過去，發現她似乎在一種蛹內的狀態，是不能被驚動的。

我想拿彈弓，但彈弓在床那頭的外套裡面，我想拿的話，得越過這個奇怪的殭尸。

殭尸對著玉錚試探性的吼，玉錚憤怒的叫他滾開，他卻畏懼的蹲伏，流著口涎，一點一點的繞著轉。

或許，可以撲過去拿彈弓？玉錚還不太會操控原靈，再說，自從我爆掉她的天賦後，天知道她還能不能用。但這樣僵持不是辦法，而且沒有武器在手，實在很不安心。

覷著他注意著玉錚，我撲過去想拿彈弓。但沒想到他比猴子還敏捷，居然跳到牆上，藉力往下撈，我尖叫著滾開，玉錚忿忿的踢他一腳，將他踢到窗台，把我拖到身後。

雖然她這麼勇敢，但汗珠已經透過衣裳了。我也滿背的冷汗，這種精神壓力才是最折磨人的……

一片寂靜中，窗玻璃突然破裂，我和玉錚都尖叫起來了。

那隻殭尸回頭看，卻被打得飛上牆壁，一個不知道哪來的男人拍了拍身上的玻璃渣，又一拳打得殭尸腦漿迸裂。

那殭尸居然還能走，竄上通風孔，卻被那男人拽下來，將一個水瓶連瓶帶水砸在他腦袋上，呼喊了幾聲，畫了個奇怪的手勢，那個殭尸萎靡下來，張大了嘴，化成一灘血水。

我的英文實在破，聽不太懂。但玉錚卻聽懂了。不愧是女王，如此詭異離奇的場景，她還能鎮定下來。

「耶穌非救世主。」她昂首看著那男人，「你是傳說中的聖殿騎士團？」

那男人驚訝的看她一眼。那個男人的臉孔線條像是刀刻的一樣，剛強冷漠，走在路上搞不好會有人以為是通緝犯。

但他一笑，那種感覺就消失了，反而有種和煦如春風的溫和。

「不是的。」他否認，「我只是路人。」

……凌晨四點，從十二樓的窗外經過？

「這是我聽過最敷衍的藉口。」玉錚指了指那灘血水看他，「可否請你解釋一下？」

「這是某國的兵器。」男人聳了聳肩，「操弄生死，違背神的旨意。但受苦的卻是神的子民。」

他們倆互相凝視，我都擔心會起火燃燒。

終究玉錚做了個請的姿勢，「謝謝你。但我們要休息了。」

他禮貌的行禮，卻走向窗戶。頓了一下，回頭看著玉錚，「可否請教芳名？」

「有緣再見的話，就告訴你。」玉錚昂首。

那男人眼中出現強烈的讚賞，「有機會的。」

等他從窗戶出去（……），我跪坐下來，這才發現我腿軟了。

第二天，我們離開賓館，跟櫃台提起玻璃和通風孔的事情，他們卻說有人賠償了。

但玉錚說什麼都要回去了。

「……那就無緣見面啦！」我雖然差點把膽子嚇破了，但難得出現這麼符合玉錚規格的男子漢。沒想到我受荒厄薰陶這麼深，連八卦精神都有了。

「不可能啦，哪有那麼好的事情？」玉錚怒氣沖沖的將我拖去買票，「老天爺待我那麼好，從天上跌下一個我要的男人？這一定是精細的陷阱！那傢伙不是gay，就是出家人之類的。就算他不是gay又不是出家人，看他練出一身肌肉，ＸＸ一定很小……我才不會上當呢！我還是回去等看看研究所的新學長，還可以先行試車……」

不管怎麼阻止她，也沒辦法讓她停止如此……「不當」的發言，只能低頭聽她劈哩趴啦的「評論」。

我都想替她鑽地板。

傲嬌什麼呢？女王陛下？

「誰傲嬌啦！」她瞪著眼睛罵我。

……我忘了我們情緒可以深染，我又想得太大聲。

我們同車回去，她撐著臉，怒氣不熄的望著窗外。我嘆了口氣。這麼莫名其妙的來，又莫名其妙的回去。

「……往前走啊！」她冷不防的說了一句。

她幹嘛突然天外飛來一筆？

「還是得往前走啊，不管老天爺多過分，老把軟體動物塞給我，還是得跟祂爭到底，只能往前走了呀。只要往前走就有希望……」她頓了頓，「有的時候，快被寂寞打倒的時候……我也會想回到小晨身邊。」

我張大了眼睛。

「但這不是太過分了嗎？」她低吼，「明明知道這是最差勁的組合，我早晚還是會出走，只是因為寂寞卻利用小晨，我還能看得起自己嗎？我連自己都看不起自己，那還活著幹嘛啊!?聽著啊，蘅芷。連我都會軟弱，妳又怕啥啊？想想又不犯罪……只要別真的去做就好啦！千萬千萬，不可以輸給寂寞這個爛理由！」

她惡狠狠的揮了揮拳頭，像是要把寂寞擊個粉碎。「像這樣，試試看！」

……我是很感動她有這種氣魄，但我……我沒膽子在人來人往的火車上……只是被她瞪還滿可怕的，我勉為其難揮了揮拳頭。

「……妳招財貓啊？連揮拳頭都不會?!」她叫了起來。

「……」小姐，誰能人人都同妳這樣潑辣貨呢？這也是需要才能的。

我的站到了。

下車後，玉錚還看著我，揮了揮手，又揮拳頭替我打氣。我尷尬的笑，目送她美麗的容顏漸漸遠去。

看著自己的手，試著握成拳頭。噗，真沒那種氣勢。

找到我的手機。自從和玉錚會合以後，我就關機了。別問我為什麼，我自己也不知道在彆扭什麼。

打開手機，猶豫了幾秒，我撥給唐晨。「喂？」我顫顫的開口。

「妳……」唐晨的聲音聽起來很生氣。

我趕緊搶著說，「唐晨，我回來了。」

好一會兒，他沒說話。我緊張的握著手機，覺得手心溼漉漉的。

「……妳在哪裡?」他的聲音緊繃。

「在車站。」我小小聲的說。

「我去接妳。」他就把電話掛了。

他一定氣死了,就這樣跑掉,一點音訊也沒有。但我決定,等等不管他怎麼罵,我都會乖乖的聽。是我不對。

能讓他罵的時候還有多少呢?不多的。

但我決定,就這樣吧。朔說得對,有聚就有散,不是生離,定當死別。不過,相聚的時間這麼短,離別卻長到沒有盡頭,不趁相聚的時候多歡笑,難道要這麼哭到離別?

往前走吧。就像玉錚說的。往前走。不往前走,誰知道會遇到這些人?說不定往前走,離別之後又是重聚。天下大勢,合久必分,分久必合嘛。

這些自我打氣的話,等我看到唐晨出現在車站門口時,又糊成一團了。他看著我,我看著他,相隔大約十來步。

我想啊，唐晨將來一定會有老婆小孩，他也絕對會是個好丈夫，好爸爸，我們的分離是必定的。

我僵硬的張開雙臂，趁著勇氣還沒消失之前，衝進他的懷裡，還撞到鼻子。

但現在，現在。他只是我生死過命的唐晨。

他挺直了幾秒，才俯身抱住我，說不出一個字。

之後？之後我們就回家了啊。當然被他罵了一頓，但只是念幾句，沒罵得很凶啦。甚至他還好脾氣的問我跟玉錚出去玩好不好玩。

這倒是很難回答的問題。

說好玩，我累得骨頭快散架，還有個殭尸驚魂記。說不好玩，又覺得不至於。

「呃……」我搔了搔頭，衝口而出我印象最深刻的事情，「玉錚的身材真的很好。」

他瞪大了眼睛，好一會兒才期期艾艾的問，「……妳們要交往了嗎？」

「唐晨，你瘋了喔！」換我罵了起來。

就在暑假即將來臨的那個禮拜，玉錚寫了一封輕描淡寫的信，說她交了第三十七號男朋友。

「他的工作是大樓洗玻璃，最少表面上看起來是啦。但是蘅芷，我要糾正我之前的錯誤。肌肉男不是XX就很小。目前我試車的感想頗滿意……可以讓之前的軟體動物們看不到車尾燈……」

我滿臉通紅的把這封信塞在衣櫃的抽屜裡。

女王的字典裡到底有沒有含蓄這兩個字呢？我很納悶。

暑假來臨了。但荒厄，要一直到暑假結束才回來。

那又是另一個故事的開端了。

（荒厄〈卷三〉完　待續）

作者的話

《荒厄》的開始大家都知道，就是即興之作，遊戲之筆。

但到現在，寫著寫著，我自己也會好笑。不知不覺，我把心底的一點不忿也寫進去了。（摸摸鼻子）

我是和神明非常無緣的人，去廟裡轉一圈回來，難免要生場小病。道士略有道行，神樂一起，不免鬧頭疼腦熱，作醮更是閉門不出，遇上了都會頭暈目眩……無緣到這種地步，實在很令人悲哀。

但基本上，我是很喜歡本土民俗神明的。我一直覺得祂們很可愛，這樣默默的庇佑鄉土，不管幫不幫得上忙，最少我們跟祂們祈求的時候，能感受到祂們默默的注視。

有時候真的只是需要一個注視、一點信心，就有勇氣往人生的困境走下去。

所以我會想，其實也不見得祂們想為神為佛，只是人類這樣赤誠敬愛，圍著喊著，或哭或笑，石頭都會被感動，何況神明。但人類的禍福壽夭，半看天數，半看自己，百般為難，怎麼辦好？

就注視吧，就傾聽吧。能辦得到的辦一點，辦不到的，鼓勵一下，激發一點勇氣。

就是這種對神明的默想，才有了「泰逢」的原型，一個溫暖無奈，但也捨不得的注視。

但現在的人，已經越來越不重視神明了。香火依舊鼎盛，但許多儀式和陣頭、禮拜的禮節，都已經漸漸湮沒。雖說最重要的還是心誠，儀式本身並不重要。但這些儀式卻隱含著初民最開始的虔誠，原本是台灣最最重要的文化資產，但是……

我們用什麼回報這些眾生與神明呢？連保留這些儀式都辦不到。

坊間能找到的民俗參考書少得可憐，更多的是參雜著某種意識的宣傳。甚至對這些神明並沒有抱持著絲毫敬意，常令我拍案大罵。

我能回報什麼？這半生，荒唐的異事遇到不少，雖說有小災小難，但不可諱言，這些荒唐豐富了我某方面的生命。

至今，我依舊相信眾生有情，才沒到不可收拾的地步。我相信依舊有神明注視，所以屢屢絕處逢生。

但我這樣一個連大學都沒念過的說書人，不太可能去編纂收集民俗祭典……那我可以作什麼？

只有一點虛空裡凝視的小故事，僭越的當個荒唐扶乩人，希望能夠減輕恐懼者的負擔，讓他們如我般相信，神明依舊凝視著我們，一切都會轉好。

荒謬而妄作，的確。事實的真相也並非如此。

但我想合掌留住這一點小小的夢光，為了我被薰陶至今，那民俗宗教的諸神眾明，那永遠不會磨滅的崇敬與愛。

如果，我是說，如果。如果這些荒唐的小故事，能夠讓妳在深夜行走時，不畏懼身後的黑影，而覺得是「古怪的鄰居」，放下無謂的恐懼，那我就覺得足夠了。

如果，我是說，如果。如果這些荒唐的小故事，能讓你憶起附近的土地公、大樹公，或者是案下的虎爺，感覺心底湧起溫暖，相信自己是被保護、愛護的，有勇氣去面對困阨，我就覺得我的目的已經達成了。

雖然說，我很愛講，我只是「師聊齋而慕西遊」，但我承認我永遠達不到那個高度。我很明白自己的缺陷，我最大的缺陷就是……我不願去談那些陰暗面，或許會碰觸，但碰觸的極軟。

我……已經看過太多人世的地獄，實在無法承受再書寫出來。這算一種自我催眠吧。我一定要相信，絕對要相信，這世界還有溫暖、友情與愛，不然當憂鬱病痛襲擊我的時候，我不知道要怎麼鼓勵自己活下去。

所以，我在做一個徒勞無功的工程。我趕著建築一道城牆，但我建築城牆的速度，只快於風化一點點。這虛妄的城牆能抵擋內心逐漸壞死的痛楚，但也風化得非常快速。

但這也造就我在寫作上頂多到這兒，沒辦法往前一步吧。

沒關係，我很滿足了。我就是個說書人，我盡量盡到我的本分。說書人不是文學家不是作家，我只要不斷說著故事就行了。

說什麼……我也不想去書寫黑暗了。

雖然我最擅長的終究還是黑暗。

但我不想撕裂別人，同時也撕裂自己。

在此我必須先坦承一個錯誤。《荒厄　卷一》當中，關於玉錚的姓我又發作了人名混亂症，應該是姓「夏」，而非姓「劉」，因為書已付梓，追悔莫及，在此特以致歉。請原諒我下筆倉促，一時頭昏沒有細看筆記，導致這種錯誤，實在抱歉。

（新版已更正）

並且再次強調《荒厄》是獨立的故事，和其他系統完全沒有瓜葛，特此聲明。

在寫這篇後記時，我已經寫完了《荒厄　卷四》。（遮臉）

為甚麼明明是娛樂，我卻要這樣瘋狂寫作不已呢……？其實我是很納悶的。

虔誠的希望這種被雷打到的經驗不要再有了，我實在很怕會暴斃在電腦之前……

我故事還沒寫完。==

蝴蝶2009/4/23

Seba・蝴蝶

國家圖書館出版品預行編目(CIP)資料

荒厄〈卷三〉/ 蝴蝶Seba著. -- 三版. -- 新北市 : 雅書堂文化事業有限公司, 2023.01
冊； 公分. -- (蝴蝶館；29)
ISBN 978-986-302-656-3(卷3 : 平裝)

863.57 111020713

蝴蝶館 29

荒厄〈卷三〉

作　　者／蝴蝶Seba
發 行 人／詹慶和
執行編輯／蔡毓玲
編　　輯／劉蕙寧・黃璟安・陳姿伶
封面插畫／PAPARAYA
執行美編／陳麗娜
美術編輯／周盈汝・韓欣恬

出版者／雅書堂文化事業有限公司
郵政劃撥帳號／18225950
戶名／雅書堂文化事業有限公司
地址／新北市板橋區板新路206號3樓
電子信箱／elegant.books@msa.hinet.net
電話／（02）8952-4078
傳真／（02）8952-4084

2023年01月三版一刷　定價240元

經銷／易可數位行銷股份有限公司
地址／新北市新店區寶橋路235巷6弄3號5樓
電話／（02）8911-0825
傳真／（02）8911-0801

Seba・蝴蝶

Seba・蝴蝶

Seba·蝴蝶

Seba・蝴蝶

Seba・蝴蝶

Seba・蝴蝶